阅读世界诗歌
# 窗棂上的一只麻雀

陈永国 编著

清华大学出版社
北京

版权所有，侵权必究。举报：010-62782989，beiqinquan@tup.tsinghua.edu.cn。

**图书在版编目（CIP）数据**

阅读世界诗歌：窗棂上的一只麻雀 / 陈永国编著.—北京：清华大学出版社，2023.1
ISBN 978-7-302-55008-2

Ⅰ.①阅⋯　Ⅱ.①陈⋯　Ⅲ.①诗歌欣赏—世界—青少年读物　Ⅳ.①I106.2-49

中国版本图书馆CIP数据核字（2020）第044432号

| | |
|---|---|
| 责任编辑： | 王如月 |
| 装帧设计： | 于　芳 |
| 责任校对： | 王荣静 |
| 责任印制： | 丛怀宇 |

出版发行：清华大学出版社
　　　　网　　址：http://www.tup.com.cn, http://www.wqbook.com
　　　　地　　址：北京清华大学学研大厦A座　　邮　编：100084
　　　　社 总 机：010-83470000　　　　　　　　邮　购：010-62786544
　　　　投稿与读者服务：010-62776969，c-service@tup.tsinghua.edu.cn
　　　　质量反馈：010-62772015，zhiliang@tup.tsinghua.edu.cn
印 装 者：大厂回族自治县彩虹印刷有限公司
经　　销：全国新华书店
开　　本：148mm×210mm　　印　张：10.625　　字　数：209千字
版　　次：2023年1月第1版　　　　　　　　　　印　次：2023年1月第1次印刷
定　　价：56.80元

产品编号：078919-01

# 自 序

我写此书,目的有二。一为在大学生中推广文学阅读,以迎合当下中国大学通力践行的大学通识教育。二为在普通读者中普及世界诗歌,以迎合当下中国民众努力提升的文学阅读水平。而二者和合而为的终极目的,则在于审美与道德教育之融合,在于通过对世界诗歌部分名篇之阅读而达到性情陶冶,进而实现"道德情操将我作成诗"(爱默生语)的"人文精神"的培育。

"通识"者,即不同领域/学科之间通用之知识与价值观。而通识教育无非指通才教育。在中国,"通才""通人""全人"的说法自古有之。所谓"通识",就是"君子多识"(《易经》)、"博览古今"(《论衡》)以及"通智"(《淮南子》)。"通人"须读书千篇万卷,胸怀百家之言,知古今之事,晓自然人文之理,慎思明辨,通权达变,博学笃行。此种教育,重在"育"、主以"读",虽早在"圣贤时代"就在古希腊以"自由教育"(liberal education）之形式出现，但直到 19 世纪初才用于大学教育，是为"文理教育"（Liberal Arts Education，美国博德学院的 A.S. Parkard 于 1829 年首次提出）；而在中国，将其作为一个教育理念应用于现代大学讲堂则是 20 世纪末的事了（且始于中国的台湾地区和香港地区诸大学）。

从理念上，通识教育主指"人文学"（human sciences）教育，不仅是传统上所划分的"人文学科"，即文史哲，而应指与人相关的一切科学，简单说，即人的科学，或关于人的科学，其主旨在于挖掘"人文精神"。而关于人的科学，又与"文学即人学"之说法相通。在文学诸多体裁中，诗歌以其语言和思想情感之凝练而居首位，是为儒学推行"六教"独以"诗教"为首之原因。"不学诗，无以言。"以诗化民，使之敦厚而不至于愚，使之深达于诗之义理而止于"中声"。诗能发挥"化性起伪"的作用，能融精神和礼义为一体，进而达到较高的道德境界。于是，通识教育主文学阅读，而文学阅读主诗歌阅读，便顺理成章，并与"人文精神"之培育融为一体了。

然诗之"凝练"，谓之难读也。中国诗歌喜比兴，将物比物，借物发端，虽读来朗朗上口，却因意涵深远，未必尽懂。西方诗歌亦然，虽白话自由，亦有悖论、隐喻、提喻、格调、反讽、含混及诗人之态度等细微末节，非细读者难领其要义。古今中外之诗，论体裁、主题、风格、流派等，浩如烟海，非专业研究而不能究其详，亦非此一般普及之书所能涵盖，故不为本书所涉及。

此书所选对象，虽然尽显选者之所好，却也经过深思而虑及代表性，尽在对古来中西诗歌之精粹做一提纲挈领之导读，既为初读者提供路径与方向，亦为阅历深厚者提供深研之思考。所选25项，第2、第3项非为个体诗人所作，余者皆史上留名，为古今诗坛之精英，而今人之中，诺奖得主者亦众，谓之诗坛之名门望族实不为过。而精英者，却也未全录，如文艺复兴之文学"三杰"中，只选彼特拉克，皆因彼氏诗之抒情性符合本书趣味；或如英国文学"三杰"中之弥尔顿，因其诗之宗教性浓，且义奥深远，而只能待以未来入选之机。

就时代分期而言，萨福和彼特拉克代表古典时期，而后者又与莎士比亚之十四行诗有跨时空之传承，其情之深，其意之重，尽显文艺复兴之诗风。惠特尼、克鲁兹和狄金森（以及萨福）虽属不同时代、不同文化，却同属女性，都以其细腻的观察、深切的思虑，以自身或孤独或艰辛或无奈的生活经历，在男性掌控的社会里开辟出女性诗歌的一片天地。而生活在动荡时期的邓恩和松尾芭蕉则动中求静，在玄奥的宗教信仰中以奇思妙喻和行旅情思，栩栩如生地描绘出宗教诗人的别样情怀。这种情怀在下一个世纪里深深浸透于英美浪漫派对自然、对世界和对人本身的沉思之中，在夜莺、云雀乃至信天翁的飞翔中寄托生的哀思和死的清梦，即使西风，也是狂野的精灵。比较而言，英国浪漫派虽然缺乏美国浪漫主义诗人惠特曼的豪放，却也与惠特曼一样，既歌唱灵魂，又赞美肉体，既深受革命之鼓舞，又为凌空飘下的一片孤叶而悲痛。这悲痛在普希金的心里变成了一个可怕的时辰，电闪雷鸣，洪水泛滥，眼见撕心裂肺的马蹄声冲垮了帝国的永恒之梦。

迦利布和波德莱尔是19世纪浪漫主义诗歌与20世纪现代主义诗歌之间的桥梁。迦利布追求的"不和谐音"正是从"情感的自然流露"的偏离，而用以肯定自身价值的一种否定形式，正如波德莱尔诗中的善与恶、忧郁与理想、梦幻与现实代表着人的两股冲动，一股向着上帝，一股向着恶魔。既然上帝远离我们，那就让恶在"沉而不浮，郁而不薄"的幽邃境界中显出"花"的芬芳吧！这种"刺人的、不和谐的"音调在20世纪的现代主义诗歌中被发挥得淋漓尽致：在达里奥的"希望之歌"中，我们听到诗人在自己心灵的幽暗里向天空发出的呼喊；在洛卡的"死亡之舞"中，我们看到"泥的浪涛"在"无睡眠"的荒原上一直推向"雪地的边缘"，这里跳动的是文明的疯狂之舞，是丛林和城市的交汇。如果说这两位西班牙诗人都以自己的诗心控诉美国霸权的暴戾，那么，以"存在之诗"揭示存在之本质的美国诗人史蒂文斯也同样把美国的现代生活视为"荒原"，把纽约看作但丁笔下的地狱，是"绝望的全景图"。

意大利诗人蒙塔莱和加勒比诗人沃尔科特都是诺奖得主，他们一个喜欢"青草蔓芜的道路""路边浅浅的污水坑"和未及脱离大地的"柠檬的馨香"，一个倾心于热带植物的潟湖和海湾，大海的急流和浪涛，以及在大地的皱褶里漂流的幸运的旅行。两位诗人先后卒于 1981 年和 2017 年，前者以一种极小主义的诗歌批判 20 世纪的现实生活，后者则以加勒比海的壮美反衬从 20 世纪后半叶至今的"饥荒像镰刀一样叹息"的全球化。然而，无论是以隐逸的私下语言，还是以来自遥远非洲的呼唤，他们的共同诉求都是读者的"仔细阅读"。

概言之，此书主要为读者提供引介。读之方法，全赖读者自身诗歌之阅历和领悟，不一而足。如能通过阅读此书而对某一诗人发生兴趣，或对某一流派乃至诗歌总体发生兴趣，进而促发人文情怀，提高审美趣味，则作者之幸甚，出版者之幸甚，乐趣与修为尽在其中矣。

此书从萌生理念，到付诸笔端，再到成书，几经删改，数历修正，可谓十年磨成一剑。此期间清华大学出版社对笔者极尽宽容，责编王如月女士更是竭尽心力，为此书辛勤付出。笔者在此诚致谢意，感恩之心实难言表。

# 目 录

### 萨福
Sappho
1

### 爱情与忠贞之歌
Songs of Love and Loyalty
15

### 雅歌
Song of Songs
27

### 罗摩衍那
Rāmāyaṇa
35

### 阿摩罗百咏
Hundred Songs of Amoru
45

## 弗朗奇斯科·彼特拉克
Francesco Petrarca
55

## 威廉·莎士比亚
William Shakespeare
65

## 伊莎贝拉·惠特尼
Esabella Whitney
79

## 胡安娜·德·拉·克鲁兹
Juane de la Cruz
95

## 约翰·邓恩
John Donne
105

## 松尾芭蕉
Matsuo Basho
119

### 威廉·华兹华斯
William Wordsworth
135

### 萨缪尔·泰勒·柯勒律治
Samuel Taylor Coleridge
149

### 珀西·比希·雪莱
Percy Bysshe Shelley
161

### 约翰·济慈
John Keats
173

### 亚历山大·谢尔盖耶维奇·普希金
Александр Сергеевич Пушкин
189

### 米尔扎·阿萨杜拉·汗·迦利布
Mirza Asadullah Khan Ghalib
199

### 夏尔·皮埃尔·波德莱尔
Charles Pierre Baudelaire
213

## 沃尔特·惠特曼
Walt Whitman
227

## 艾米莉·狄金森
Emily Dickinson
241

## 鲁文·达里奥
Ruben Dario
255

## 费德里克·加西亚·洛卡
Federico Garcia Lorca
269

## 华莱士·史蒂文斯
Wallace Stevens
289

## 尤金尼奥·蒙塔莱
Eugenio Montale
303

## 德里克·沃尔科特
Derek Walcott
317

# Sappho

# 萨福

马拉美称诗歌为一种最伟大的艺术。它对虚伪的好奇没有神秘,对亵渎宗教没有恐惧,而无知者和敌对者则对诗歌只报以冷笑与怪相。诗的门槛很高,不是轻易什么人随便就可以进入的。诗的入门证是一种纯洁的语言,是庄严的用语和使门外汉眼花的神秘的研究。诗是美的,美得不由人不赞叹;但它也是神秘的,就像古埃及的悼亡书和莎草纸的书卷,神秘得令俗众望而却步。诗的灵感只在少数人中迸发,只有艺术家才能拥有,只有一个具有想象力且善于思考的人才能读懂。诗人是在众人之上翱翔的人,是抒情的梦幻者,是骄傲的、睥睨一切的始终的贵族。[1] 诗人拥

---

[1] 马拉美:《艺术的异端:为所有人的艺术》,载儒勒·德·古尔蒙等:《海之美:法国作家随笔集》,郭宏安译,桂林,广西师范大学出版社,2002年,第74—78页。

有瞬间的灵感和永恒的想象力,正是这灵感和想象力构成了诗歌。

然而,马拉美所说的诗歌是一种复杂的艺术形式,是历经几千年的演进而浸透了现代性的现代诗。诗的那种真正的壮丽的素朴的美,那种以儿女情长为话题的绵绵柔情而自然俊逸的美,那种情词异常恳切、恳切得让你听得到鲜花盛开的春天的脚步声的美,只有在接触到古希腊的时候才能看到。然而,这不是英雄的古希腊,不是埃斯库罗斯、索福克勒斯和欧里庇得斯笔下神人共栖的古希腊,而是由神主宰的血迹斑斑的暴力的古希腊,那个古希腊所渲染的是悲剧的壮美。也不是苏格拉底、柏拉图和亚里士多德师徒三代共主的古希腊,而是理智和激情相伴共生、才华和思辨携手并进、理性光辉普照的古希腊。真正的壮丽的单纯的美在此一个多世纪之前就出现了,而且出自一位被爱情的熊熊火焰所燃烧的女诗人之手。她就是萨福(约公元前630或前612—约前592或前560),"那位头戴紫罗兰花冠的、纯洁无邪的、老是嫣然微笑的萨福。"[1]

萨福不是完整的,而是"支离破碎的"。[2]她不但支离破碎而且几乎就是一片空白。与古希腊诗歌之父荷马比起来,这位古希腊诗歌之"母"是被忘却了,几乎被忘得一干二净,连生卒年月

---

[1] 吉尔伯特·默雷:《古希腊文学史》,孙席珍等译,上海,上海译文出版社,1988年,第95页。
[2] 田晓菲:《"萨福":一个欧美文学传统的生成》,北京,生活·读书·新知三联书店,2003年,第34页。

都不准确。人们猜测她大约于公元前630年至612年间生于希腊莱斯博斯岛，约公元前570年逝世。其生平几无资料可循，除了从仅存的残篇中推断出她的生活和哲学外，还能提供萨福传记的资料的就是那部叫作《证言》(Testimonia)的言论集了。这部言论集收录了历代学者关于萨福的多种猜想。根据这部言论集，批评家们推断萨福是一位非常多产的诗人。但萨福的诗歌也是支离破碎的，大部分都已散佚。亚历山大时代的语法学家曾经按韵律把她的诗分成九卷，第一卷有1320行（330节四行诗），可见全九卷加在一起一定是一个巨大的抒情诗宝库。可惜这巨大的宝库在中世纪宗教的熊熊烈火中付之一炬了。

在古希腊，柏拉图的著作和萨福的诗都非常流行，但柏拉图的书全部保存下来了，因为柏拉图书中的思想是基督徒和异教徒都可以接受的。萨福的书只剩下了只言片语（五百多首诗中只剩下七百行可以识别，而且残缺不全），是因为她的诗虽然流行，却是伤风败俗的，是"教人如何追女孩子的"（奥维德语），甚至是颓废的，甚至连颓废得十足的波德莱尔也批评她的颓废。[1]然而，萨福是有男子气概的，是真正的情人和阳刚的诗人，比阿芙洛狄忒更美，比阿娜达默尼更美。她是高傲的诗人-贵族，全世界的敬意她都不放在眼里。她不在意高尚的哲学和理性，而醉心于希腊神话中酣畅的风流乐趣，满足于太阳般燃烧的慵懒，或在令人

---

[1] 田晓菲:《"萨福"：一个欧美文学传统的生成》，北京，生活·读书·新知三联书店，2003年，第9—44页。

窒息的夜色里热烈的亲吻，或在贫瘠不育的欢乐中拥抱女性成熟的身体，品尝女性发育饱满的果实。[1]

人们因此断定萨福是位"同志"。萨福以及她居住、创作和教女孩子如何写情诗的莱斯博斯岛后来都成了同性恋的代名词。其实，她究竟是否是同性恋这个问题与她的诗本身并无多大关系。从"新批评"的批评视角看，即便我们不去刻意寻找诗人的意图或读者的反应，我们也能从诗中、从诗的说话者的语气中得到相关的暗示。萨福的抒情诗充满激情但又超凡脱俗，热烈而又不乏自我批评，自律且富有色欲的暗示。她的诗风朴素，直白，激情而无感伤，准确而不夸张。但毫无疑问，这些诗在中世纪就被野蛮地焚烧了，完整存世的只有一首。

萨福的抒情诗是唱给女人的歌，更是唱给爱神的歌，人们称之为"歌诗"，因此也给她赢得了"阿芙洛狄忒之女祭司"的称号。《不朽的阿芙洛狄忒》就是献给爱神的那首唯一完整的抒情诗：

> 不朽的、心意斑斓的阿芙洛狄忒，
> 宙斯的女儿，你扭曲了一干竖琴——
> 我祈求你，不要用强劲的疼痛，
> 女神啊，粉碎我的心，

---

[1] 田晓菲：《"萨福"：一个欧美文学传统的生成》，北京，生活·读书·新知三联书店，2003年，第267—270页。

请你降临我,正如
曾经一度
你听到我来自远方的呼唤,
遂离开了你父亲的金屋,

乘坐群鸟所驾的金根车
来到我身边——那是从黑色丘垄上
飞起的瓦雀,在半空中
呼啦啦地拍打着它们的翅膀——

而你啊,福佑的女神,
你不朽的容颜带着微笑,
问我是什么样的烦恼,如今又一次
困扰你,为什么你如今又一次呼唤我的名,

你痴狂的心,到底最想要什么?
我该(如今,又一次!)去劝导什么人
接受你的爱情?什么人,
萨福啊,给了你这样的苦痛?
如果现在逃避,很快她将追逐;
如果现在拒绝,很快她将施予;
如果现在没有爱,爱很快就会流溢——

哪怕是违反着她自己的心意。

降临我，爱的女神：解除
这份强劲的重负，成就我全心
所渴望的成就，你
　　且来做我的同谋！[1]

这首诗用典型的"萨福诗节"写成（希文中三行十一音节和最后一行五音节的诗节），同时也继承了古希腊文学中"祈神"的传统，如用明确的称号或地点呼唤神或女神："不朽的、心意斑斓的阿芙洛狄忒，/宙斯的女儿，你扭曲了一干竖琴——/我祈求你，不要用强劲的疼痛，/女神啊，粉碎我的心"。神过去曾经给予祈神者以帮助，祈神者现在继续祈求神的帮助："请你降临我，正如/曾经一度/你听到我来自远方的呼唤"。但萨福也有反传统的一面：荷马笔下因受伤而虚弱的阿芙洛狄忒在萨福的诗中是一位有力坚强的女神。她是福佑的女神，敢于背叛父亲，离开父亲的金屋，驾着父亲的金根车，[2] 来给需要勇气和信心的女人以鼓励，以解除她身上强劲的重负。全诗围绕两个女性人物之间的牢固关系展开：作为神的阿芙洛狄忒和作为人的萨福占据了诗的情感中心，作为

---

[1] 田晓菲：《"萨福"：一个欧美文学传统的生成》，北京，生活·读书·新知三联书店，2003年，第47—48页。
[2] 古代用金子制作的帝王乘坐的车。

欲望主体的人——萨福——想要通过神的力量实现她过去、现在和将来都始终不渝地爱着的一个女人的愿望:"降临我,爱的女神:解除／这份强劲的重负,成就我全心／所渴望的成就,你／且来做我的同谋!"

在另一首著名的遗诗《他好似天神》中,萨福描写了三种不同的感受:

在我看来,他的享受好似天神
无论他是何人,坐在
你的对面,听你娓娓而谈
你言语温柔,笑声甜蜜

啊,那是让我的心飘摇不定
当我看到你,哪怕只有
一刹那,我已经
不能言语

舌头断裂,血管里奔流着
细小的火焰
黑暗蒙住了我的双眼,
耳鼓狂敲

冷汗涔涔而下
我战栗，脸色比春草惨绿
我虽生犹死，至少在我看来——
死亡正在步步紧逼

但我必须忍受
因为……
　　既然贫无所有……[1]

诗中，萨福的身体被肢解了。她的感受与坐在对面的男人的感受完全不同——他像一位天神那样享受。你在娓娓而谈，言语温柔，笑声甜蜜，而我却心神不定，不能言语，舌头断裂，鲜血流出，双目发黑，耳鼓狂敲，冷汗涔涔，一种死亡的感觉。我你他，三个人完全不同的感受。但这是否就是三角恋爱呢，还是诗人想象中自我的三分裂呢？

这首诗深受古希腊罗马作家的欢迎。公元前1世纪罗马诗人卡图鲁斯曾将其改写为拉丁文抒情诗。公元3世纪的罗马美学家朗吉努斯曾在其著名的《论崇高》一文中视其为爱情诗的典范。这首诗也是萨福写给男性的少数情诗之一。但诗中的男性只在第一诗节中出现过一次，之后便随着歌手（说话者）的注意力转向

---

[1] 田晓菲：《"萨福"：一个欧美文学传统的生成》，北京，生活·读书·新知三联书店，2003年，第75页。

男人对面的女人而逐渐退隐了。这个男人究竟是谁,尚不得而知,也不必确知。诗人以惊人的自然主义手法描写了她看见所爱女人与那男子之后自己的身体反应:急剧跳动的心脏,皮下燃烧的欲火,哑言,失明,失聪,盗汗,颤抖,湿透——死亡即将来临。对萨福来说,这种死亡的感觉就是爱的圆满。相比之下,男性只是个陪衬。然而,随着说话者把注意力转向自己的身体反应,激发这种反应的女性也逐渐变成边缘人物了。她不过是说话者凝视的客体,而凝视者——"我"——才是诗的主体。

萨福的美学是一种爱欲美学。她认为最美的是一个人最爱的;或,一个人最爱的才是最美的。在《有人说,一队骑士》中,说话者意在表明在荷马的史诗中,战争和军队(骑兵、步兵或海军)是美的,"有人说,一队骑士——/又有人说,一支骁勇的步兵团——/更有人说,海上的战舰——/是这片黑色大地上最美的景观;"但"我"不这样认为。"我"是新荷马,"我"不歌颂战争;"我"歌颂爱欲。"可是我啊,我说他们都不对:/最美的/应该是一个人的心爱——/无论那是谁。"纵然驰骋沙场的千军万马也抵不过所爱之人优美的步态和闪光的脸(阿那托利亚)。"在我眼里,/她行路的姿态,/和她脸庞的妩媚光辉,/胜过利第亚最壮丽的战车和骁骑。"甚至公认为具有超凡之美的海伦也不是最美的。诗中,海伦也在追求——甚至抛下父母儿女——追求她心中最美的男人,也就是她最爱的人。这意味着,拥有美不一定就是美的,只有被爱才是美的。

《我真希望自己不如是死了罢》和《她的思绪常飘来这里》分别描写了离别之痛和思念之苦。赤裸的死的愿望可能有多重原因，但在情人之间莫过于"何日再相见"的热切盼望。离别时，女孩恋恋不舍；萨福安慰她，回忆起她们在一起的快乐时光："好好地去吧，别忘了我。……在我的身边，你也曾戴过 / 蔷薇和紫罗兰的花冠——/ 你也曾在柔嫩的颈上 / 套上鲜花编就的花环 / 你也曾用昂贵的香膏——/ 那是女王才配使的——/ 滋润你的肌肤 / 你也曾在松软的床褥上，/ 让你温柔的欲望得到餍足。"她们在记忆中获得了安慰、快乐和生存。《她的思绪常飘来这里》描写了对一个女孩的思念，而萨福则在安慰她所爱的阿狄司。诗中对月亮的描写从想象的月亮："在落日时分，蔷薇指的月亮 / 压倒了所有星辰，照耀盐海，也照耀 / 花深似海的平原"；到真实的月亮："而她徘徊踟蹰，不断思念着 / 温柔的阿狄司，因为你的缘故 / 她的心被渴望燃烧……"。这表明诗人已把想象的世界和真实的世界混同起来，使月亮和女孩达到了认同，因此，与在前一首诗中一样，两位情人占据的空间从有"软床"的室内空间延伸到有庙宇、溪流和树丛的外部空间，这种不经意间的运动消解了空间界限，与爱欲中自我与他者、主体与客体之间位置的消解构成了对应，进而构筑了女性他我合一的温馨世界，有别于竞争激烈、等级分明的男性世界。

萨福的另一类歌诗称"婚歌"，主要利用婚姻之神海门（Hymen）的典故描写婚礼的场面，或以幽默夸张的手法描写新郎。《看门人的脚》就诙谐地描写了新郎的仆人的脚，穿一双用五头牛的皮、十个鞋匠一起做的十二码长的凉鞋："看门人的脚 / 有十二码 / 那样长！十个 / 鞋匠用五张 / 牛皮为他们 / 缝补凉鞋！"由此可以推知新郎在新婚之夜兴奋至极的热切心情，恨不得让仆人马不停蹄，或者脚长到12码。对比之下，新娘就好比一颗成熟甜蜜的苹果，高挂在树枝上，可能已被遗忘，而即使未被完全遗忘，也高不可攀："正如甘棠在高枝上发红了，/ 高又高的，在树顶最高枝上：采甘棠者忘记它了——/ 不，不，哪里是忘记？——只是不能企及罢了 / 正如山中一枝风信子，被牧人 / 脚步践踏，在地上，紫色的花……"。用美国诗人朱迪·格兰的话说：高悬的苹果代表"女人在自身、在相互间和在社会上的中心性。那颗苹果仍在，挂在最高的树枝上，在一位女同性恋诗人及其秘密后裔的破碎的记忆中，毫发无损，没有受到殖民化和压抑。"[1]

然而，萨福最终是完整的，独特的，创新的。她发明了一种诗体，称萨福体。她广博的学问和出众的智力甚至男人也难以匹敌。据说，柏拉图死后，人们在他的枕头底下发现了一卷萨福的诗集。即使现在，我们也仍然可以把她那些残篇组合起来（田晓菲：诗第25—32篇），那就是一首完美的现代诗：

只要你要（25）

---

[1] Judy Grahn, *The Highest Apple: Sappho and the Lesbian Poetic Tradition*, San Francisco: Spinsters, Ink, 1985, p. 11.

而我在一只柔软的枕上（26）

舒展我的四肢

　　好似山风（27）

　摇撼一棵橡树，

爱情摇撼我的心。

你来了，我为你痴狂；（28）

我的心为欲望燃烧。你使她清凉。

我爱上了你，阿狄司，（29）

很久以前。那时

你还只是

　一个丑巴巴的小女孩子。

因为那好看的男子，他看起来是好，（30）

而那善良的男子，他将变得好看。

我不知道——该怎么办——（31）

我先说可以——后说不行。

我不能企望（32）

　用自己的双手

　　　去拥抱天空。

# Songs of Love and Loyalty

# 爱情与忠贞之歌

萨福不是"艺伎",而是古希腊九大诗人之一,是"名列第十的缪斯",是比埃里亚的蜜蜂。[1] 作为缪斯,她应是司诗女神,古希腊的、欧洲的、西方的乃至全世界的司诗女神,但她并不是"诗歌之母",或许,荷马也不是诗歌之父。真正的诗歌之父或诗歌之母至少可以追溯到公元前 3000 年,离现在已有 5000 多年的时间了。那时,在两河之间生活的苏美尔人就以歌或抒情诗的形式歌颂男女之间的爱情,表达宗教信仰,赞颂神人之间混合的爱,描写家庭、忠君、神人的爱欲。这些歌被统称为"爱情与忠贞之歌"。这说明诗歌伊始并不是"诗言志",而是"诗言情"。在一首题为

---

[1] 比埃里亚:缪斯女神的圣地,载吉尔伯特·默雷:《古希腊文学史》,孙席珍、蒋炳贤、郭智石译,上海,上海译文出版社,2007 年,第 97 页。

"昨夜，我，王后，金光闪闪"的诗中，司爱情女神伊南娜[1]庆祝她成功地诱惑了配偶杜牧茨（又译坦牧茨），[2]如何背着母亲幽会，之后如何向母亲解释的故事：

> 昨夜，我，王后，金光闪闪，
> 昨夜，我，天后，金光闪闪，
> 我翩翩起舞，我金光闪闪，
> 在最闪亮的夜之初，我唱了一首歌，
> 他见到了我，他见到了我，
> 库利安纳王见到了我，
> 他把手放进我的手，
> 乌苏姆加拉纳拥抱了我。

> "来吧，野牛，放我走吧，我必须回家，
> 库利-恩里尔，让我走吧，我必须回家，
> 我该怎么骗我的妈妈！
> 我该说什么骗我的妈妈宁嘉尔！"

> "我来告诉你，我来告诉你。

---

[1] 苏美尔神话中的"圣女""天上的女主人"，也是主金星之神。也是希腊神话中司爱和美之女神阿芙洛狄忒。
[2] 苏美尔神话中的畜牧之神，伊南娜的丈夫，又被称为"恩奇的肖像"。

伊南娜，最有心计的女人，我来告诉你：
'我的女友带我去了广场，
她让我把那儿的音乐和舞蹈欣赏，
她歌唱，甜蜜的歌，她为我歌唱。
在甜蜜的欢乐中我把时间遗忘'——
你就这样把你的妈妈欺骗
我们却在月光下激情荡漾，
我将为你准备一张纯洁、甜蜜、高尚的床，
和你共度欢乐甜蜜的时光。"

[此处有几行诗丢失。接下来的时候，这对情人已经决定结婚了:]

我来到母亲的门前，
我，我快乐地走来，
来到宁嘉尔的门前，
我，我快乐地走来。
他将对我母亲说，
他将把柏树油往地上泼，
他将对我母亲宁嘉尔说，
他将把柏树油往地上泼，
他住的地方芳香扑鼻，

他的话给我无比的欢乐。
我的夫彬彬有礼，
阿愁苏加拉纳，辛的女婿，[1]
杜牧茨王彬彬有礼，
阿愁苏加拉纳，辛的女婿。
我的夫，你的到来真甜蜜，
品尝平原上的植物和芳草，
阿愁苏加拉纳，你的到来真甜蜜，
品尝平原上的植物和芳草。

  第一节中，伊南娜刚刚爱上杜牧茨，显然还没有得到母亲的允许，两人就"在月光下激情荡漾"，在"一张纯洁、甜蜜、高尚的床"上"共度欢乐甜蜜的时光"。他们是如何骗过母亲的，此后也许是一个漫长的劝说过程，我们不得而知。我们只看到了后来的圆满结局，女婿上门了。"他将把柏树油往地上泼"来"品尝平原上的植物和芳草"。这首诗是在一年一度的农业庆典上唱的。诗中许多重复的句子（这是苏美尔情歌的特点）会在公共场合朗读时产生一种共鸣。除了神圣背景和仪式价值外，这首诗还表现了伊南娜的人类情怀，而这似乎与21世纪的自由恋爱情怀不无二致。

  歌也是古埃及文学中最早的形式。有些歌极具宗教色彩，有

---

[1] 辛（Sin），伊南娜的父亲，月亮之神。

的是在私下场合欣赏的情歌,因此具有明显的世俗背景。下面这首歌是男友唱给女友的:

分心是我[草原上]的[叶]:
我女友的[嘴]是莲花的蕾,
她的胸脯是曼德拉的苹果,
她的胳臂是[葡萄藤]。
[她的眼睛]像草莓一样固定,
上面是诱人的柳叶眉,
而我,是只野鹅!
我用[喙]剪断[她头发]做诱饵,
好比网中的蠕虫。

女友是莲花的蕾、曼德拉的苹果、葡萄藤和草莓,而男友自己是一只野鹅,显然,作为女友化身的四种植物必然是这只野鹅的盘中餐。诗中的情人显然是尘世中的男男女女。然而,神和女神无处不在,它们也和尘世男女一样谈情说爱。在下面这首诗中,说话者的激情似乎使整个尼罗河河谷具有了活的神性。他要顺流而下,去往孟菲斯,并祈求真理之神卜塔帮助他完成任务:"今晚把我的姑娘给我。"

我扬帆[顺流]而下,

腋下夹着一捆芦苇。
我将去安科-托维的家，[1]
对真理之神卜塔说
今晚把我的姑娘给我。

大海做酒，
卜塔做苇。
赛克麦做藻，[2]
甘露女神做蕾，
奈夫图做莲花。[3]

[众金色女神]欢天喜地[4]
她的美给大地增光。
孟菲斯是曼德拉的酒瓶
给好看的神奉上。[5]

即使神的帮助也不是明目张胆的，而必须化作酒、苇、藻、蕾和莲花，这些象征美的植物在后来历代诗歌中都是不可或缺的。

---

[1] Ankh-towy: 伊南娜的父亲，月亮之神。
[2] Sekhmet: 孟菲斯女神。
[3] Nefertum: 年轻的太阳神。
[4] 指天上的女神。
[5] 指卜塔。

植物之美总是用来赞美女性之美的。在下面这首歌中，它们变成了秀发、媚眼、项链和印环：

  那女士熟练扔套索
  却仍然不付养牛税。

  她用秀发把我套，
  她用媚眼把我捉，
  她用项链把我绑，
  她用印环把我刻。

又如：

  女士的爱没有副本，
  比世界更完美，
  看哪，她就像升起的星
  在吉祥之年的开端。

  她优雅闪光，她身体发亮，
  她凝视时双眸焕发荣光
  她说话时双唇甜蜜
  她过多的话不讲。

她昂首挺胸，乳头闪亮，
她头发赛过真宝石，
她双臂比金还精美，
她手指是莲花等待绽放。

她腰围起时双臂垂下，
她腿展示出她的完美；
她走路时步伐优美，
她的拥抱勾去了我的心。

她吸引男人的目光，
看到她便目不转睛；
拥抱她的人都欢天喜地，
因为他是最成功的情人。

她走来了，
美之至美。

　　这是世界上幸存的最古老的情歌，但业已展现了后来的抒情诗中许多常见的特征：对所爱之人身体的从头到脚的细腻品评：秀发、媚眼、项链、印环、优雅发亮的身体、容光焕发的双眸、闪亮的乳头、精美的双臂、完美的双腿、优美的步态、美中至美，怎能不勾去了男人的魂？然而，甜蜜的夜毕竟总是会迎来黎明，早起的鸟儿总是要把紧拥熟睡的情人唤醒：

斑鸠发出的声音。说：
天亮了，你去哪里？
休息吧，小鸟，
你竟如此责怪我？
我见情人躺在床，
我心已经比蜜糖，

我们说：

我绝不会离开你很远
我的手就在你手里，
我将和你一起散步
在你喜欢的每一个地方。

他把我排在姑娘们的前头
他没有让我愁断肠。

鸟儿叫了，晨来了；情人必须分手，但希望仍在，"他没有让我愁断肠。"或者，当我今夜路过你家门口的时候，我还会来敲

你的门:

    我夜里路过她的家,
    我敲门,门不应,
    多美的夜给了看门人!

    打开吧,门栓!
    门扉啊,你是我的命,你是我的神。
    为里面的你我要杀死公牛。
    门扉啊,请别用力。

    为门栓我将杀死长角的牛,
    为插销我将杀死短角的牛,
    为门槛我将杀死一只野鸡,
    用它的肥肉浇去钥匙的锈。

    但是牛的全部好肉
    将为木匠之子享受,
    他将给我们做草门
    再用芦苇做锁头。

    无论何时情人来

他将看见门敞开,
他将看见麻被铺好床
里面躺着可爱的姑娘。

那姑娘将对我说:
船长的儿子,这是你的地方!

  这些是古代近东幸存的最贴近纯世俗诗歌的情歌,在文学史上称抒情诗。在现代学者所说的埃及新王国(公元前1570—前1090年)时期(也许比这个时期还要早些),抒情诗是在宴会上表演的,在田地里吟唱的。赞助诗歌的王公贵族们喜欢这种娱乐方式,即使死后也不想失去,因此把这些诗刻在瓦罐上,写进卷轴里,死后带进棺木,这些抒情诗也正因此而被保存了下来。即使在这些浪漫的、色情的诗中,神也始终在场;诗人请求神保证情人们激情永在。

# Song of Songs

# 雅歌

埃及情诗中的斑鸠在《圣经·雅歌》中频繁出现,这也许从一个侧面说明了古埃及文学与《圣经·雅歌》的密切联系,有迹象表明《雅歌》从古埃及情歌中汲取了养料,同时也是把短抒情诗与较大的文学结构相结合的一个早期例子。《雅歌》(*shir ha-shirimor "song of songs"*)意即"所有歌中最好的歌",在古埃及情歌中,也有《最欢乐之歌》(*The Songs of Excellent Enjoyment*)和《最幸福之歌》(*The Songs of Extreme Happiness*)得以幸存下来。与古埃及情歌一样,《雅歌》给人一种清新和自发感,事实上是对通俗和民间素材的一种高度的艺术升华。

《雅歌》是"所罗门的歌",是"歌中之歌"。希伯来文中 ריש(歌)通常只指欢乐的歌,而非忧伤的歌;而且,一首 ריש 常常伴有与欢快的内容相称的乐器，如七弦琴、笛子和手鼓。有时，ריש 就是"音乐"。"歌中之歌"表示最高级的歌，类似于"王中王""圣中圣""女中豪杰"等，是无与伦比的、最美的歌。路德曾经用比较仪式化的术语"高歌"（Das Hohe Lied）来表示这种歌是最高级的。《雅歌》是情歌，据说作者是所罗门。历史上的所罗门是位敛财的国王，讲究奢侈豪华的生活，而这样的生活通常与色欲密切相关；所罗门曾娶1000个处女为妻，以横溢的才华写出了1000多首情歌。据考证，当时在以色列和埃及流行的无数情歌大多为所罗门所写。

在《圣经》中，口传或书面的赞美歌、圣歌和颂歌可谓比比皆是：当洪水淹死埃及人但却为以色列人开辟一条生路时，摩西唱了一首胜利的颂歌；当大卫王凯旋归来时，人们为他的英武骁勇而高唱赞歌；而每当丰收庆典、晨祷或晚祷时，人们总是要唱几首优美的圣歌。所罗门的歌却有所不同：他的歌专为婚礼而写，是唱给新娘的情歌。在《雅歌》中，"新娘""百合花"和"鸽子"寓指以色列，而"新郎"（良人）则是上帝。在象征意义上，在"先父"和"出埃及"的时代，上帝把他的爱给了他所爱的选民，因此所罗门的歌是唱给上帝和以色列的；或是唱给基督和基督教会众的；或是唱给上帝和信仰上帝的灵魂的；或干脆如路德所说是唱给基督与灵的结合的。

把《雅歌》中的新娘和新郎（良人）比作基督和会众的这种寓意和注解源自犹太教用《雅歌》说明上帝与以色列关系的传

统。公元 3 世纪的希腊阐释者希波利特（Hippolytus）和奥利根（Origen）确定了这种阐释的基本框架，在鲁菲努（Rufinus）的拉丁文译本中保存了下来，影响了 4 世纪的安布罗斯和阿波尼乌斯以及 6 世纪末的圣格列果里等西方的"雅歌评注"者。到了 7 世纪和 8 世纪，圣比得（the Venerable Bede）用《雅歌》中的韵诗解释教会的历史，追溯到《旧约》的犹太教教会时代。圣比得认为"雅歌"是作为新郎的基督和作为新娘的会众之间对唱的情歌，因而从情歌的字面意义深入到与上帝灵交的层面。他感兴趣的不是这些情歌对凡人作者（所罗门）或最初的读者意味着什么，而是要把它们用于他自己所处时代的基督教教会：比如把"良人敲门的声音"看作是信徒生命中上帝"唤醒我们的道德进步、提醒我们寻求应许天国之乐"的途径。他继而意识到信徒以三种不同的方式向上帝敞开心扉：（1）以更宽广的胸怀接受上帝的爱；（2）通过传教打开邻居的心扉；（3）快乐地接受死亡。但由于《雅歌》中的新娘已经向基督敞开了心扉，已经表达了欲死以及与基督结合的愿望，所以，在下面这段特殊的歌中，上帝显然是要激发信众献身于教会的传教工作。

我身睡卧，我心却醒。这是我良人的声音；他敲门说：我的妹子，我的佳偶，我的鸽子，我的完全人，求你给我开门；因我的头满是露水，我的头发被夜露滴湿。（5:2）

圣比得的评注是 12 世纪《雅歌普通评注》的唯一资源,影响了中世纪数百种《雅歌》的注释和评论,形成了以寓言为主要方法的《圣经》评注传统。现代阐释者根据 19 世纪和 20 世纪的语文学、文学和考古学发现,就《雅歌》的形式和内容达成了三点共识:(1)《雅歌》是《圣经》经典中的一首抒情诗,目的是见证凡俗之爱的善;(2)它是基于古代宗教传统的一首礼仪诗,在《圣经》中用以象征上帝和以色列的神圣结合;(3)上帝与以色列之间的爱是这首诗的真正主题,是以《何西阿书》的方式写成的一种先知寓言。但其作者所罗门与其说是一位先知,毋宁说是一位智者,"全人类的大智者":他不像神甫那样因管理教会、执行律法、接受先父的教诲而信,也不像先知那样在梦或幻觉中接受上帝的指派,传达上帝的训令,而是依据他自己觉醒的灵魂,观察日常生活的细节,汲取先人和同代人的生活经验,把人类及其工作、世界及其事务当作上帝的创造。正因如此,他对情爱和色欲往往持肯定的态度,甚至对卖弄风骚的妓女也常常持自然而然的平常心。

作为大智者智慧的结晶,《雅歌》中的女人昂首挺胸,珠光宝气,时常抛出"鸽子眼"的诱人神情。

> 我的佳偶,你甚美丽!你甚美丽!你的眼好像鸽子眼。(1:15)
> 我的鸽子啊,你在磐石穴中,在陡岩的隐密处。求你容我得见你的面貌,得听你的声音;因为你的声音柔和,你的面貌秀美。(2:14)

我的佳偶，你甚美丽！你甚美丽！你的眼在帕子内好像鸽子眼。你的头发如同山羊群卧在基列山旁。（4:1）

他的眼如溪水旁的鸽子眼，用奶洗净，安得合式。（5:12）

她夜不能寐，于是起得床来，在街头上闲逛，寻找情人，想象着他们相遇时热吻的情景。

我夜间躺卧在床上，寻找我心所爱的；我寻找他，却寻不见。

我说：我要起来，游行城中，在街市上，在宽阔处，寻找我心所爱的。我寻找他，却寻不见。

城中巡逻看守的人遇见我；我问他们：你们看见我心所爱的没有？（3:1,2,3）

我给我的良人开了门；我的良人却已转身走了。他说话的时候，我神不守舍；我寻找他，竟寻不见；我呼叫他，他却不回答。

城中巡逻看守的人遇见我，打了我，伤了我；看守城墙的人夺去我的披肩。

耶路撒冷的众女子啊，我嘱咐你们：若遇见我的良人，要告诉他，我因思爱成病。（5:6,7,8）

然而，他们之间的爱却并非为了性满足。情人或许远在千山之外，或许藏匿于闭锁的花园之中，艰难的寻找伴随着痛苦的思念。他们之间如此美妙、如此灿烂、如此庄严的情感交流，致使对对方的每一次发现、每一次接近、每一次占有都是天赐的不可多得的机缘。那种相互拥有的幸福感把男女之间现存的等级观念和社会差异统统抛在脑后，爱把他们带入了天堂的乐园。在这样一种和谐欢快的关系中，他们相互间都有一种安全感，把一个视为另一个的护身符。他们的结合是天意，所以不能"惊动"，不能"叫醒"。

耶路撒冷的众女子啊，我嘱咐你们：不要惊动、不要叫醒我所亲爱的，等他自己情愿。

那靠着良人从旷野上来的是谁呢？我在苹果树下叫醒你。你母亲在那里为你劬劳；生养你的在那里为你劬劳。

求你将我放在你心上如印记，带在你臂上如戳记。因为爱情如死之坚强，嫉恨如阴间之残忍；所发的电光是火焰的电光，是耶和华的烈焰。（8:4,5,6）

《雅歌》颂扬的爱不是动物般的冲动，也不是非肉体的精神行为。人类的每一种世俗之乐都是肉体、情感和精神的结合，这三股力量缺一不可。《雅歌》并不排除灵魂升华中的肉体因素，或者说，在精神化的世俗氛围中，性爱不是禁忌。"大智者"把整个世界视为上帝的创造，而"上帝创造的一切都是好的"。《雅歌》中的世俗之歌给信众带来的是神圣的启迪。

# Rāmāyaṇa

# 罗摩衍那

在印度乃至东方文学中,我们把吠陀文学基本上看作宗教和形而上的文学,把《摩诃婆罗多》看作是一部伟大的传奇,把《罗摩衍那》看作是完整、细腻、清楚呈现雅利安文化的第一部梵语文学或印度文学经典,而其作者蚁垤便是第一个本能地提出真正的诗歌概念的伟大作家。他在《罗摩衍那》中开创了一种为印度听者和读者提供审美愉悦的文学,发现诗歌是诗人真实情感的自发流露,也是诗人在面对世界的病痛和苦难时自觉宣泄的内在情感。作为印度文学的第一部经典作品,《罗摩衍那》的影响是巨大的:它为不同民族的诗歌爱好者提供了经久不衰的快感,为各个时代的诗人提供了取之不竭的灵感源泉,"世界上的全部文学中几乎没有另一首诗像它那样数个世纪以来一直影响着一个伟大民族的思想和诗歌。"[1]

《罗摩衍那》描写的是鲜活的人类社会：饮食习惯，衣着服饰，运动娱乐，风俗迷信，宗教哲学，无一不在诗中得到细腻的描写。作为史诗，它所呈现的社会、经济和政治机制已经成为后吠陀时代历史研究不可或缺的资料。它所刻画的人物有体魄粗犷、行为放浪代表恶魔者，也有心地善良、器宇轩昂代表神仙者，但主要再现的乃是普通生活中有血有肉的人。他们所经历的生活磨难、苦辣酸甜、离合悲欢、生老病死、爱恨嫉贪，他们所身处的人类社会的光明与黑暗，都在其中得到了栩栩如生的呈现。它对人类灵魂的最大引力在于它着力讲述善与恶、真与伪、自私自利与牺牲精神之间的斗争，以及这种斗争体现的崇高的理想主义，即善必定战胜恶；忠、孝、贞、爱是各种文化共享，和平、繁荣和幸福是人类意志的最高目标这样的价值观。

《罗摩衍那》带我们进入的无疑是印度的古代社会，是雅利安人到来之前刚刚走出游牧状态的晚期原始社会。但就作品所表现的精神生活而言，作者已经对当时的政治和文学形式有了一定的认识。他称自己的史诗为"第一部文学作品""第一首诗"，并陈述了所谓"第一部""第一首"所具有的首创性。首先，《罗摩衍那》是一位仙人讲给他的关于一位王子的故事，其源出无从考证，仿佛民间故事或传奇一样产生于一种尚未自觉的文化。接着，

---

[1] M. Winternitz, *A History of Indian Literature*, Vol. I, Calcutta: University of Calcutta.p.476.

他经历了一只鸟被活活杀死给自己带来的内心体验,悲愤之中他以一种完全陌生的表达方式冲口说出了自己的感受,而这种表达方式就是诗歌。

  这位收视返听的牟尼,
  从徒弟手里接过树皮衣,
  他到处看这无边的树林,
  在林子里来回走动不息。

  这位尊者来回走动,
  他看到在自己面前,
  有一对麻鹬安然地、
  静悄悄地愉快交欢。

  他忽然抬眼看到,
  一个凶狠的尼沙陀,
  把那公麻鹬杀死,
  凶狠塞满了心窝。

  那只母麻鹬看到,
  公的被杀血满身,
  在地上来回翻滚,

她悲鸣凄惨动人。

这位仙人看到了,
尼沙陀杀死的麻鹬,
他虔诚遵守达磨,
动了怜悯慈悲之意。

婆罗门出于慈悲之心,
说道:"这件事完全非法。"
为了安慰痛哭的母麻鹬,
又说出了下面这一些话:

"你永远不会,尼沙陀!
享盛名获得善果;
一双麻鹬耽乐交欢,
你竟杀死其中一个。"

他这样说完了以后,
心里面又反复琢磨:
"我为那母麻鹬伤心,
究竟说了一些什么?"

这个大智者想着想着,
又引起了翻滚的思潮,
他这个牟尼中的魁首,
便对他的徒弟说道:

"我的话都是诗,音阶均等,
可以配上笛子,曼声歌咏,
因为它产生于我的输迦(œoka),
就叫它输洛迦(œloka),不叫别名。"

牟尼说了这无上的语言,
徒弟答应着,心里喜欢;
做师傅的心里也很高兴,
对自己的徒弟喜在心间。

牟尼在河里沐浴,
一切都遵照仪式;
然后又走了回来,
心里惦记那件事。
……

所有的他这些徒弟,

都朗诵这首输洛迦歌,
他们一会儿欢喜无量,
一会儿异常惊讶地说:

"用等量的音节和四个音步,
大仙人把自己的悲痛抒发,
出于翻来覆去地诉说吟咏,
输迦(œoka)于是就变成了输洛迦(œloka)。"[1]

这里我们看到诗的灵感产生于日常生活中的一个事件,这个事件引发了诗人心中的恻隐之情,即对一只被杀死的麻鹬的怜悯。诗歌语言由此升华出来。公元9世纪,印度的一位剧作家、文学理论家和诗人拉伽·谢格尔也讲了一个相同的故事。故事说妙音天女在雪山苦心修行,感动了婆罗门大神,便允其如愿生了个儿子。这个儿子刚一降生就俯伏在母亲脚下,说出了下面这段韵文:

整个宇宙都是语言构成
物体是语言魔幻的变形。
我来了,母亲,您的变形
诗歌的化身,向您俯首称臣。

---

[1] 季羡林:《季羡林全集》第17卷,北京,外语教学与研究出版社,2010年。

这就是诗歌男人的诞生。一天，妙音天女把他放在一棵树下的一块石头上，径自去恒河里沐浴，回来后发现儿子不见了。恰好大仙蚁垤打这儿路过，看到妙音天女痛不欲生，就告诉她儿子的下落。妙音天女找到儿子后，为了感谢蚁垤，就秘密地授予他使用韵律语言的能力。接着便是蚁垤看到麻鹬被杀、心生怜悯、出口成诗的故事。后来妙音天女赋予《罗摩衍那》以神力，最先吟诵了这首诗，而在吟诵其他任何诗之前吟诵《罗摩衍那》的诗人就都成了她妙音天女的儿子。故事所强调的其实是诗的定义："我的话都是诗，音阶均等，可以配上笛子，曼声歌咏。"梵语中常用的韵律形式是"歌"或"诗"，即输洛迦（œloka，发音为shloka），是以两行16音节的诗构成的对句，排成四组，每组四音节，或根据各种不同的规定排列。所以，即便这里的"诗"由"悲痛"而发，但悲痛的原生表达如果不经过艺术加工也不能成为诗。

　　此外，蚁垤的输洛迦（韵诗）取决于所描写的那种鸟。Krauñca是麻鹬的一种，长喙涉水，以歌声美妙著称。它唱的是一种柔和的、搅动心弦的长颤音。在古印度文化中是美妙动听的。但在另一种文化中，或许不受欢迎，因此与人类的情感联系也就不那么紧密了。叶芝就曾责备麻鹬说：

麻鹬呵，别在空中叫啦，
要么去向西方大海啼唤；
因为你的叫声使我忆起

> 朦胧秋波和沉重的长发
> 曾在我胸上颤抖着披散:
> 风声里已有足够的恶意。[1]

　　然而,无论是古印度的蚁垤还是现代爱尔兰的叶芝,灵感和高度自觉的语言运用都是不可或缺的。

---

[1] 叶芝:《叶芝抒情诗全集》,傅浩译,北京,中国工人出版社,1994年,第101页。

# Hundred Songs of Amoru

# 阿摩罗百咏

蚁垤的《罗摩衍那》是南亚第一首基于民间传奇改写的长篇叙事诗；是梵语文学中第一首讲述人间故事、抒发人类情怀的叙事诗；也第一次提出了"诗在于怜悯"、诗的力量在于表达情感的文学思想。然而，在印度古典文学中，可与萨福相媲美的女诗人并不多见，但可与萨福的"歌诗"同日而语的情诗却是有的，这就是公元9世纪出现的《阿摩罗百咏》（以下简称《百咏》）。

与萨福一样，阿摩罗其人其事几乎无人知晓。西方梵语学者认为阿摩罗这位诗人根本不存在，而以"阿摩罗"命名的诗集《百咏》则出自许多诗人之手，包括一个名叫 Bhavakadevi 的女诗人。

然而，中世纪的印度流传着与阿摩罗有关的一个传奇，可以"证明"阿摩罗的诗为9世纪吠檀多派的大哲学家商羯罗（Shankaracharya）所写。传奇说，商羯罗游学来到瓦拉纳西，与哲学家曼德纳·密什拉（Mandana Mishra）展开了一场关于吠陀经的辩论，当商羯罗眼看要取胜的时候，密什拉的妻子提议再以"性爱的艺术"为题进行辩论。商羯罗自幼入婆罗门教，禁欲终身，难以辩论爱欲方面的问题，于是就把辩论推迟到一个月后（另一说法是100个日夜之后）。他继续游学来到喀什米尔城，那里的国王阿摩罗刚刚去世，马上就要举行火葬。商羯罗让门徒们保护好自己的身体，因为他要灵魂出窍，进入国王的身体。就这样，商羯罗借着国王的身体，与国王的"三宫六院"进行了一个月（或百余日）的性交活动（据说每日换一个嫔妃），掌握了性爱的艺术，然后回到自己的体内，再度来到瓦拉纳西，以亲身经验打败了对手。而这次肉体实验的成果就是《百咏》。

虽然这样的传奇等于说关于阿摩罗其人我们仍然几乎一无所知，却可以看出传统读者无疑认为《百咏》是梵语文学中表达色欲（sringara rasa）的完美诗篇。自9世纪问世以来，已有很多关于阿摩罗情诗的评论，但其基本目的都是阐释诗中的宗教或玄学思想。事实上，与萨福的歌诗一样，《百咏》中的每一首诗都是一幅风俗画，诗人在每一幅画中都描绘了爱的快乐和痛苦，以及爱的众多含义。每一首诗都是抒情的，完整的，都以精细的浮雕画面展示了飞逝的情感，以魔幻般优美的语言诉说了爱的情怀。因此，印度于1808年就出版了《百咏》的插图版和画册。

此外，《百咏》的每一首诗都独立成篇，既不是对诸神提出问题的回答，也不是像《伽摩经》(Kama Sutra)那样对爱情进行诗意的论证，而往往以四行诗的形式诉说情人之所想，重述情人之所说：

你的掌心抹去了你脸上的扑粉
你的叹息喝下了你唇上的美汁；
令你哽咽的泪水激荡起你的情怀。
愤怒成了你的情人，非要把我取代。

或：

如果你对我生气，长着莲花眼的你
那就只好让愤怒把你的爱顶替。
但请还给我我给你的那些吻；
还给我我给你的那些拥抱，连本带利。

这两首诗抒发的是一种愤怒的情怀，似乎都在诉说情人间发生了误解或争执时，一方向另一方抱怨或要求偿还所给与的爱。有时，这种争执会在瞬间得到消解：

他们背靠背，侧卧在床

沉默中忍受着煎熬；
虽然心中仍装着爱
却矜持各自的骄傲。

而当眼角的余光
在斜视中相遇
口角便随着转身而成为狂笑
搂着脖子热烈的拥抱。

　　有时，《百咏》以对话的形式向朋友或所爱之人袒露胸怀，有时以生动的画面描写诗人的亲眼所见：

她让他进入
她没有推诿
言语中没有愤怒
目光直盯着他
仿佛他们之间
什么也没有发生

　　或对床笫房事的细腻观察：

被子，这里有槟榔的标记

那里有粘着的芦荟，
这里撒着片片粉末
那里有清漆的斑迹，
在卷起的皱褶里
是她秀发的花瓣，
无论哪种姿势
都宣告一个女人的欢愉。

女人的这种欢愉是忘我的，甚至是无我的：

他上床时，系结就开了
宽松腰带的丝条
衣服只脱到我的下臀。
亲爱的，我是那么熟悉；
一旦在他怀中，就不记得他是谁
我是谁，我们做了什么，或怎么做的。

这种火焰般的爱有时也会遇到阻碍，如朋友或亲戚的反对，但情人们也像萨福笔下的恋人一样具有反叛精神：

你听的不是朋友之言
他接受的不是亲戚的规劝；

但当最亲爱的人扑在脚下
你用耳边的百合把他击打。

现在月亮已经滚烫
凉鞋的黏胶燃起了火焰,
每夜都可持续千年
莲花项链重如铁砧。

然而,反叛并不总是成功的。有时,情人们在重压之下不得不分手:

厚厚的云涌来
她漫天泪水看着我的爱
如果你现在离开我,她说
而不再多说
手拧着我的衬衣
脚趾紧抓着地
此后她
说的一切
都难以重述
懂了,放手

然而，一旦结了婚，爱情变成了婚姻，那种坚固的恋情便烟消云散了：

起初我们是一体
但后来你当了爱人就分成了两具
而我，不幸的我，成了被爱者。
现在你是丈夫，我是老婆，
别无所剩，除了我的生活，
难以打破，那就收获苦果吧，
你，未能践行你的承诺。[1]

《百咏》的情诗大致可以分为两类：一类是描写结合的情诗；另一类是描写分离的情诗，后者包括"性欲满足之前的爱"，因吵嘴或不忠造成的分离，以及由于离开或不在场而产生的思念。有学者说全书表达了从欢乐的笑声到凄惨的哭泣、从屈服到绝望等 18 种不同的情感，而最主要的是色欲，因而是印度美学中有关爱欲经验的一幅完整的光谱图。然而，构成《百咏》主线的还不仅仅是爱欲和性的渴望，印度古典诗歌中最常见的主题季节的循环也贯穿《百咏》始终，这也是阅读和理解这些诗歌的最佳途

---

[1] Andrew Schelling, *Erotic Love Poems from India: A Translation of the Amarushataka*, Boston and London: Shambhala, 2004. 文中选诗由陈永国据本书译出。

径。预报季节的季风，盛开的茉莉花，各种各样的水莲，孔雀和翠鸟高唱的情歌，所有这些构成了印度古代抒情诗的协奏曲，然而，位于其核心的仍然是人类：人类的爱欲，以及爱欲引起的极乐或痛苦。

从古埃及的情歌到萨福的歌诗，从古代中国的"歌之书"到公元9世纪的《百咏》，阅读这些歌诗/情歌，我们不仅看到虔诚的宗教诗与世俗的爱情诗之间的差异与雷同，还了解到这样一个事实，即我们后来所知的诗皆源自于抒情的歌。情为歌之本，情为诗之源。即使像现代伟大的乌尔都语诗人伽利布也以"歌"为主要表达样式，其《歌集》中神秘的、反讽的爱情诗都是写给所爱之人的。如在埃及情歌、《诗经》《雅歌》或萨福的歌诗中一样，这位所爱之人可能是神，可能是人，也可能是人神的混合体。

这些歌的主体，无论歌的作者还是歌中人，都是生活中的爱者。他们爱生活，爱自然，爱人——既爱自己也爱他人，爱男人也爱女人。爱和情欲构成了生活的主旨，是燃烧着的炽烈的生命火焰。就这些歌的审美和社会期待而言，古代世界的诗歌/歌诗创造所具有的这一基本共性，不但在中国的唐诗宋词中得以充分体现，在以莎士比亚的十四行诗和埃兹拉·庞德的自由诗为代表的现代诗中也继承下来，只不过在现代性的经验之中增加了哲理性。

在世界文学的范围内,古代歌诗的古朴淳厚和现代诗的哲理深度给我们带来的是对生活的双重体验,这种体验既是我们理解生命之弥足珍贵的基础,也构成了诗歌之自发宣泄这一现代观念的基础。

# Francesco Petrarca

# 弗朗奇斯科·彼特拉克

当我们跨越时空,从古代歌诗进入到现代诗歌的领域时,我们看到那些出自真情实感的情爱表达往往变成了对生活的真实描述,古代歌手对肉欲的那种发自内心的赤裸追求,也由于现实生活中越来越严格的道德规训而逐渐隐蔽起来。文艺复兴时期及其后,人成为世界的主体。人由于增强了对自身的主观意识而越发大胆地宣扬人作为意识主体的强烈个性,但也恰恰因此而强化了规训意识,即对世界和对人自身的规训,对人的自主性和自我意识的规训。随着国家和宗教体制的健全,这种意识规训也被制度化了。人的情感表达虽然理论上依旧可以无拘无束,闪现着诗人内心情感的灼烈光芒,但限于宗教、政治、文化、语言乃至经济的制约,往往也需要在内容上从明目张胆转而隐讳暗示;在表达方式上从古朴淳厚、随性而发转向刻意雕琢、讲究形式，就像果壳包裹着果肉一样用虚构的语言隐藏起深邃的思想。然而，在文艺复兴运动开启现代诗歌之初，古代歌诗的素朴性尚有一丝残存，而那恰恰是开启了文艺复兴运动的伟大诗人彼特拉克的"歌"。

弗朗奇斯科·彼特拉克（1304—1374）以其《歌集》著称，《歌集》的全名是《桂冠诗人弗朗奇斯科·彼特拉克的支离破碎的俗语诗》，是由366首抒情诗组成的诗体日记，其中有317首十四行诗；366首中有207首是写给他钟爱的女人劳拉的情诗。与萨福一样，彼特拉克也为自己的时代创造了一种新的歌诗形式——十四行诗。所不同的是，彼特拉克并非纯粹为抒发对所爱之人的深情而写，他在抒发爱情的同时融入了自己的生活和思考，在富有韧性的真情实感的流露中揭示了自己心灵深处的奥秘，表达了在未得到回报的爱的折磨和痛苦中体验到的欣悦和幸福，在充满彷徨和困惑的情感矛盾中领悟到的爱情的高尚和情感生活的纯洁。

然而，他深情的爱并未像萨福的歌诗、《雅歌》或《诗经》大部分情诗中那样是得到回报的爱，而是未有回报的单相思。诗人是在一个夏天里认识劳拉的，她"坐在石凳上，独自一人／静静地，自己在跟自己说个不停；"[1] 当时一轮太阳正挂在高空，而她家门里也挂着"一轮金光闪射的太阳"，但门里却"寒气凛冽，

---

[1] 彼特拉克:《歌集》，李国庆、王行人译，广州，花城出版社，2000年，第142页（下引出自同一译本，不另注页码）。

/冬日降临了,门里门外,北风凶猛。"(第100首)就在那一天,这轮金光闪射的太阳"也为哀悼上帝变得隐晦暗淡"了(第3首),因为当他刚刚坚定了决心要赞美一位女子的芳名之时,一个声音对他说,"且慢,赞美她不是你的事情,而另有别人。"(第5首)原来这位令他心仪的女子已经另有所属,但爱情的力量是无所阻挡的,"爱情的本性向来富有反抗":

我那迷途的欲念执着而又疯狂
正在追逐她那飘忽不定的形象,
她轻盈自如而又无拘无束,
不停地在我踯躅的脚步前跳荡。

我劝告我的欲望不要胡追乱撞,
但它不听我的劝阻,一味任性倔强。
看来规劝是徒劳无益的,
因为爱神的本性向来富有反抗。

它把羁绊的缰绳猛然夺去,
反而让我听从它的摆布,
我无能为力了,尝到了死亡般的痛创!

它把我带到月桂树下捡拾苦涩之果,

虽然是别人丢弃的,却让我吃,

我品尝着,少的是慰藉,多的是悲伤。(第6首)

虽然这是诗人"尚未成年时的一段情缘,/那时我年轻稚嫩,乳臭未干,/爱情的欲火却早已将我周身燃遍",在得不到回报的爱的痛苦中,诗人决定把受伤的、创痕斑斑的心写进诗篇,"在每一个诗句里都留下了深沉的哀叹,渗透了我生活的艰辛、酸楚和苦难。"爱情让诗人懂得了欲望,相思让他感到了整个躯体的变换,黑暗中他把消失的光明期盼。然而,无尽的折磨却令诗人坚定了爱的信念:"我是一只鹰呀,我将扶摇直上,/用诗的赞美,把她带上蓝天。/我不会去爱另一个女人,/没有别人能把劳拉的倩影——/我的爱,从我心中驱散……"(第23首)。诗人非常清楚这是"一条孤寂、艰难之路"(第35首),"如果死亡能够摆脱/折磨我的爱恋之情,/我将毫不犹豫地伸出双手/毁灭我那可憎的躯体和恋情。"但是,"无情的弓弦向我/射出最后一支箭矢,/它浸透了我的鲜血和不幸。"(第36首)即使死亡也不能愈合我的伤痛。因此,他只好寄望于诗,希望能在诗的"甜蜜的温柔之乡,/有幸能够看到夫人的芳颜和荣光"(第37首)。终于,诗人在"长期的等待和不停的哀叹"中身心疲惫,在寄望于诗的同时也痛恨欲念,痛恨"将我引入歧途的情感"(第96首),痛恨令他失去方向的她那迷人的双眼和他自己那双爱美的双眼。不啻如此。他的双眼目空世俗的一切;他的双耳只愿听劳拉的芳名;就连他的双手也只会写歌颂劳拉的诗篇。他失去了理智,只剩下了情感。(第97首)在诗人的颂歌中,劳拉的双眼是太阳,是刺痛诗人的双眼使之泪流满面的美之源:

> 过去哭泣,现在歌唱,因为劳拉是太阳,
> 她的眼睛又向我慷慨地闪烁出迷人的光芒,
> 在光芒中爱神向我清晰地展示了
> 她神圣的娇容及其那甜蜜的力量。
>
> 她使我眼睛里流出的泪汇聚成波浪
> 起伏的大河,为了淹没我让我早点死亡,
> 她不让我架桥,不让我乘船和涉水,
> 也不给我飞翔的羽毛和翅膀。
>
> 我眼泪流成的河又宽又深,
> 两岸相隔遥远,无法跨越,
> 思绪也才勉强能够到达对岸彼方。
>
> 劳拉变得仁慈,但不向我表示胜利,
> 而向我伸出橄榄枝,于是风平浪静,
> 她抹干了我的眼泪,希望我活得硬朗。(第230首)

劳拉是太阳,她的眼睛射出万丈光芒;诗人的泪水汇成江河,

波涛汹涌，但劳拉一伸出橄榄枝便即刻风平浪静。人的内心世界就这样与自然界融汇在一起了。诗人在赞美劳拉的同时从未忘记过自然的美。自然美总是与人体美融合在一起的。劳拉的玉体在清澈、凉爽而温柔的河水里沐浴；她就是那亭亭如盖的树荫，绿草和鲜花在一望无际的晴空下听诗人倾诉；她坐在树下，花落在衣角上，爱在彩云中来回逡巡。爱神、大自然和劳拉美丽的灵魂，那是世间一切美德和贞操汇聚的地方，但却与诗人无缘。"谁想知道大自然和上帝在人世间／创造的奇迹，就请看看她的容貌和身心，／她是太阳"（第248首），"不是星辰，而是太阳"（第254首）。然而，"我的眼睛，我的太阳熄灭了"。劳拉升入天国，在那里等候着，但诗人的双脚仍然到不了她在的地方。劳拉的死讯使诗人陷入极度悲伤和痛苦，陷入绝望，甚至使他嫉妒掩埋了劳拉身体的大地："大地啊，你真幸福，你掩埋了她那／美丽可爱的娇容，又日夜厮守她的躯身；／而我却被遗弃了，无人安慰，老眼昏花"。诗人自问：难道我"充盈着爱和闪闪发亮的目光"就从此"完全失去，尽皆消遁"了吗？（第276首）诗人嫉妒贪婪无情的大地，因为大地拥抱着劳拉的身体，遮盖了她的娇容；他嫉妒天穹，因为天穹把劳拉自由的灵魂囚禁；他嫉妒那些有福的魂魄，因为它们能够永远与劳拉不分离；他更嫉妒无情残忍的死神，因为死神熄灭了劳拉的生命之灯，同时也结束了他自己的生命。

  诗人最后似乎只能诉诸"奇妙的艺术，艺术的奇妙"，让"我的诗和她的容貌相得益彰"（第289首）。他"自信乘着才华有力的翅膀",加之"劳拉和爱神的激赏",就"一定能写出无愧于她的诗篇"。然而,"才华的翅膀,高雅的诗体和语言/都不能飞上神圣的造物主所能攀登的/至高至险的崇山峻岭之上"(第307首),因为:

> 超凡的美降生在人间只是一瞬,
> 在我们时代,它不多驻足和留存,
> 上天把她短暂展示,然后收回,
> 再去点缀璀璨闪灼的天国星辰;
>
> 爱神启示我为没有看见过她的人
> 勾画出她的相貌,先教我用舌歌吟,
> 然后又多次催促我动用智慧、
> 笔墨、纸张、时间来制作这些精品。
>
> 整个诗还没有达到这种境界,
> 我的诗作也是这样,任何写过吟过
> 爱情诗的人至今都没有创作出如此臻品。
>
> 善于思考的人能在缄默中看见她,
> 她胜过诗歌,那人感叹地说:"万福啊,
> 你在她活着的时候总算目睹了她的芳馨。"(第309首)

艺术并不是诗人最后的诉诸，诗歌并不能描写劳拉的至美。"悲伤的诗"只能带他到"冷酷的墓地"。最后，诗人拖着饱尝泪水和创伤的一颗疲惫的心，去祈求"身披霞光"的聪慧的圣母。在一番虔诚的赞美过后，诗人请圣母作他的向导，把他"从斜路邪道引上坦途荡荡"：

圣母，我流了多少泪水，徒劳地
写了多少诗，祷告多少遍，上过多少次教堂，
为了我的罪过和造成的损伤！
自从我降生在阿尔诺河畔，
寻觅了一个又一个地方，
我生命中没有别的，只有痛苦桩桩，
是一个尘世女子的姿色和话语
把我的灵魂引上歧途茫茫。
神圣的圣母，不要迟缓，
我也许还能活一年时光，
而我的时光过得比箭还快，
我的生命在罪恶和灾难中度过，
等待我的只有死神的迎来送往。（第366首）

这是忏悔吗？是意乱情迷之后理性的回归吗？是深沉的悲愤之后深深的忘却吗？在严酷的现实生活与爱情的幸福甜蜜之间，

在中世纪的禁欲主义与新时代的人文主义之间，在人间的情爱与天堂的福佑之间，彼特拉克的立场似乎是矛盾的。他的诗也似乎是矛盾的，充满了恐惧、动摇、彷徨乃至忏悔。然而，他向圣母的求助绝不是卑躬屈膝，字里行间他把自己比作耶稣，圣母的儿子。既然圣母要拯救人类于苦海之中，那就"看在圣子伤痕的面子上／也来安慰安慰我这颗受伤的心房。"既然圣母仁慈宽厚，"怜悯我卑俗而又悔恨的心房"，能够"帮助我摆脱这悲惨而又令人耻辱的境况，那么我愿意涤罪，把我的诗，我的话，／我的心，我的感情，我的思想，我的泪光／和叹息都献给你的名誉和声望。带我走上永恒之路的是诗，它满足了我不同于过去的向往"。最终，在圣母的导引下，诗歌战胜了永恒。作为圣母的儿子，"一个真正的儿子"，诗人希望在死后能够得到"灵魂的永恒的宁谧与安详"。

# William Shakespeare

# 威廉·莎士比亚

威廉·莎士比亚（1564—1616）的十四行诗写于 1590 年到 1609 年间。按哈罗德·布鲁姆的说法，在他的 154 首十四行诗中，只有几首是"可弃的"，而即使他认为最"可弃的"第 122 首也是令他"难以忘记的"：诗中的 Nor need I tallies thy dear love to score（我也不用录下你的爱）一句，令人想起惠特曼诗中的主要声音意象 tally，而诗人微妙的自责表明诗中那些被抛弃的手册现在该有多么宝贵！[1] 莎士比亚的十四行诗都是抒情诗，自 1609 年以《十四行诗集》为题首次发表以来，读者就赞赏其手法

---

[1] Harold Bloom, *Bloom's Shakespeare Through the Ages: The Sonnets*, edited and with an introduction by Harold Bloom, New York: Infobase Publishing, 2008.

和修辞成就，感叹其声音在表达思想感情时展现的复杂性和创新性，甚至认为诗中的说话者发明了一种新的主体性。

莎士比亚出生前的16世纪初，十四行诗进入英国亨利八世的王宫。宫廷诗人托马斯·瓦特翻译了几首彼特拉克的抒情诗，使意大利十四行诗在英国流传开来，并保留了彼特拉克十四行诗的八—六结构（即前八行以abbaabba为韵脚，后六行以cdecde为韵脚的形式）。另一位宫廷诗人亨利·霍华德把这种八—六结构改造成了四—四—四—二结构，即把十四行诗分成四节，前三节每节四行，最后一节为对句，其韵脚为ababcdcdefefgg。霍华德的另一处革新是在内容上把从前八行到后六行的"转折"改成了前三节的重复，即每一节从不同侧面强调同一个主题思想，最后以对句为结论。莎士比亚采用了这种形式，在他的154首诗中，只有第99首（多一行）、第126首（12行对句）和第145首（每行只有八个音节）没有采用这种形式。

莎士比亚十四行诗中共有四个人物（personas）：说话者、青年男子、黑肤色女子和作为竞争对手的诗人。说话者用第一人称"我"说话，但我们还不能简单地因此而说莎士比亚以第一人称写了这些"自传"诗（尽管在第135首和第136首中说话者的确自称"威尔"）。用布鲁姆的话说："这些十四行诗中只创造了一个人，但这不能说就是莎士比亚本人的显露，不能把他认同为莎士比亚，然而这个人就在莎士比亚身边打转，以一种临近性吸引着我们。"按布鲁姆的总结，这位说话者是一位老人；一个饱经风霜的人；

一个从事演员职业的人；一位作家。诗中第二个主要人物是青年男子，从第1—126首诗都是写给他的。但这位青年男子究竟是谁？几百年来学者和批评家伤透了脑筋。布鲁姆通过诗中关于年龄、相貌、友谊、社会和政治地位等的分析，结论说他应该是两位年轻绅士，分别是南汉普敦伯爵和潘布洛克伯爵。第127—154首主要是写给一位黑肤色女子的，但在第40—42首描写的三角恋爱中，她实际上已经出现了。她究竟是谁？文学史上揣测甚多：有人说是诗人的妻子安妮，有人说是南汉普敦伯爵的新娘，还有人说是伊丽莎白一世的贴身女仆，甚至有人说那就是伊丽莎白一世本人！随着文学批评重心的转移，关于黑肤色女子究系何人的问题也经历了从历史到文化、从种族到道德、从民族到文学角色自身的转化，由此可见人物的肤色对文学符号之价值和意义的重要性。至于那位作为竞争对手的诗人，虽然露面时间较短（第78—86首），却影响了说话者的自信心，加重了他的自疑，因为他成了说话者在创作方面的对手。莎士比亚同时代的诗人马洛、琼生、丹尼尔、斯宾塞等几乎都被认定是这位诗人，但普遍认为最合情理的是乔治·查普曼。

  如彼特拉克的诗所示，抒情诗无疑是用来抒发情感和表达思想的，但与思想情感相关的主题却不仅仅是爱情。莎士比亚的十四行诗中最重要的、最频繁的主题是对时间的关注：时间的流逝，对过去的追忆，对现在的操控，对未来的展望，与时间的破坏性进行抗争，而这些时间关怀当然是以爱情为核心的，即通过爱（和艺术）使时间永恒，或反之，通过让时间停止来维持尚未得到回报的爱。与彼特拉克抒情诗颇为相同的一点是，在莎士比亚的抒情诗中，"眼睛"发挥了最重要的视觉功能。在彼特拉克的诗中，当爱情之箭射中"我"时，"我毫无防范，/从眼睛到心灵全都门扉大开，/双眼变成热泪流淌的通道和源泉"。当爱神把"我"所爱之人的面庞呈现在"我"面前时，"我为我的眼睛曾能看到她的／日、月、时辰和地方祝福、神往"。当爱情的眸子最终打开了我的心房，"我"把原本忧戚的目光转向她美丽的娇容，"我对我的眼睛说：当心，爱神已在挑战，/为此，我心中不禁涌起一阵惆怅。"而当那"长长的睫毛、销魂的眸子"消失了，当指引着"我"的天堂之路的太阳、"那美丽的眸子已经回到造化万物的上帝身旁"时，"死神熄灭了照耀我的太阳，/清澈、闪亮的眸子变得黯淡无光"，这时，"我"才看到"圣母的美目"，曾经盯着她亲生儿子伤痕累累的躯体的那双慈爱的眼睛，并祈求圣母"也来安慰安慰我这颗受伤的心房"。

在莎士比亚的抒情诗中，诗人在第一首诗中就断言对所爱的朋友说："你跟你明亮的眼睛订了婚，/把自身当柴烧，烧出了眼睛的光彩，"明亮的眼睛是美，"是世界上鲜艳的珍品"，"能为灿烂的春天开路"，但你却独享其美，不让世界继承，宁愿等你老了，将其化为灰烬。（一）[1] 你就像普照万物的太阳在东方升起，"人间

---

[1] 莎士比亚：《十四行诗集》，屠岸译，上海，上海译文出版社，1982年。（以下引诗注明诗篇编码，不标注页码。）

的眼睛"都来膜拜你,"世人的目光"都爱慕你,但是,当你"从白天的顶峰跌下,象已经衰老,/原先忠诚的人眼就不再去注视",除非你在"丽日当空放光彩"的时候结婚,留下后代。(七)可见,时间催人老,如果不及时在美的时刻欣赏美,美就会随时光流逝。然而,美也许会保留在诗人的眼睛里:

能不能让我来把你比拟作夏日?
你可是更加温和,更加可爱;
狂风会吹落五月里开的好花儿,
夏季的生命又未免结束得太快;
有时候苍天的巨眼照得太灼热,
他那金彩的脸色也会被遮暗;
每一样美呀,总会离开美而凋落,
被时机或者自然的代谢所摧残;
但是你永久的夏天绝不会凋枯,
你永远不会失去你美的仪态;
死神夸不着你在他影子里踯躅,
你将在不朽的诗中与时间同在;
　只要人类在呼吸,眼睛看得见,
　我这诗就活着,使你的生命绵延。(十八)

夏日、五月花儿、太阳都是天工之美,但它们都无法克服时间。只有诗,只有当"我"把你的美写进诗,而且人类的眼睛能看得见,你的美才不会凋枯。那你就"试读缄默的爱所写下的作品吧;/用眼睛来倾听爱的睿智的声音吧"。(二三)这里,视觉代替了听觉,眼睛代替了耳朵,因为文字代替了声音。文字不仅代替了声音,而且代替了形象。眼睛就好比现代发明的照相机上的视窗,代替了画家的画笔,只不过尚缺少一点传神的本领:

> 我的眼睛扮演了画师,把你的
> 美丽的形象刻画在我的心版上;
> 围在四周的画框是我的躯体,
> 也是透视法,高明画师的专长。
> 你必须透过画师去看他的绝技,
> 找你的真像被画在什么地方,
> 那画像永远挂在我胸膛的店里,
> 店就有你的眼睛作两扇明窗。
> 看眼睛跟眼睛相帮了多大的忙;
> 我的眼睛画下了你的形体,
> 你的眼睛给我的胸膛开了窗,
> 太阳也爱探头到窗口来看你;
> 　我眼睛还缺乏画骨传神的本领,
> 　只会见什么画什么,不了解心灵。(二四)

"我"的眼睛画下了你的形体,你的眼睛打开了"我"的心房。对你的爱已经深深地刻在了"我"的心灵上,并用透视法将其画了出来。如果你想要知道或看看"我"画得如何,那就必须用你的眼睛透视"我"的心,或把你的阳光照进"我"的胸膛。只有这样,"我"的画才能传神。然而,人的眼睛是有欺骗性的,只有"闭拢了才看得有力";更何况你的美好比太阳,在白天怎能看见它的明亮?你的形体"比白天更白,又怎能在白天展示白皙的形象"!只有"在死寂的夜里","你的美影"才能透过酣睡,"射上如盲的两眼",让"我"在梦里得见你的容颜。(四三)

眼睛是心灵的视窗。走心的眼睛才是传神的,但眼和心并非总是协调的,有时会发生争斗;争斗后又会缔结协定。在下面两首诗中,诗人写道:

我的眼睛和心在拼命打仗,
争夺着怎样把你的容颜来分享;
眼睛不让心来观赏你的肖像,
心不让眼睛把它自由地观赏。
心这样辩护说,你早就在心的内部,
那密室,水晶眼可永远窥探不到,
但眼睛这被告不承认心的辩护,
分辩说,眼睛里才有你美丽的容貌。
于是,借住在心中的一群沉思,

都升作法官,来解决这一场吵架;
这些法官的判决判得切实,
亮眼跟柔心,各得权利如下:
　我的眼睛享有你外表的仪态,
　　我的心呢,占有你内心的爱。(四六)

眼睛和心灵之间的争斗就这样被判决而各得其所。眼睛主外,看着你的形象;心灵主内,占有你的爱。但是,二者的分工却不总是如此分明的,一方常常需要另一方的帮助或救助:

我的眼睛和心缔结了协定,
规定双方轮流着给对方以便利;
一旦眼睛因不见你而饿得不行,
或者心为爱你而在悲叹中窒息,
我眼睛就马上大嚼你的肖像,
并邀请心来分享这彩画的饮宴;
另一回,眼睛又作客到心的座上,
去分享只有心才有的爱的思念:
于是,有了我的爱或你的肖像,
远方的你就始终跟我在一起;
你不能去到我思想不去的地方,
永远是我跟着思想,思想跟着你;

> 思想睡了，你肖像就走进我眼睛，
> 唤醒我的心，叫心跟眼睛都高兴。（四七）

这意味着，完全的爱是眼睛和心灵同心协力获得的。或者，对爱者来说，得见与思念缺一不可。你的眼睛是太阳，（四九）"我"的心将变成永恒的诗句。你的美只能"留在诗句里"才能"放出永恒的光辉"；你的美必须通过人的眼睛来赞颂，因此你必须"活在我诗中，住在恋人们的眼睛里"。（五五）但有时候，人的眼睛也会犯错误，也会把爱人的美当作自己的美，这时，"自爱这罪恶占有了我整个眼睛，/整个灵魂，以及我全身各部"；而这罪恶根深蒂固，无药可治。好在镜子能够显示我的真相——又黑又老，满脸裂纹。在这种情况下，"我赞美自己，就是赞美你（我自己），/把你的青春美涂上我衰老的年纪"。（六二）这无异于世人的眼睛：它们见到的你的各部分，并不需要心灵的补救。但人言可畏：有些人表面上赞美你的容貌，说你美，"却似乎能见得比眼睛见到的更远"，说你内心不美，于是便详审细察。"为什么你的香和色配不拢？/……因为你生长在世俗中"。（六九）世俗的肉眼是无法看到你的真美的。就连"我"这双住在"我"心里的眼睛，在你离开之后，也不灵光了：

> 离开你以后，我眼睛住在我心间；
> 于是这一双向导我走路的器官

放弃了自己的职责,瞎了一半,
它好像在看,其实什么也看不见;
我的眼睛不给心传达眼睛能
认出的花儿鸟儿的状貌和形体;
眼前出现的千姿百态,心没份,
目光也不能保住逮到的东西;
只要一见到粗犷或旖旎的景色,
一见到甜蜜的面容,丑陋的人形,
一见到山水,日夜,乌鸦或银鸽,
眼睛就把这些全变成你的面影。
　　心中满是你,别的没法再增加,
　　我的真心就使我眼睛虚假。(一一三)

　　爱得太深了;爱占据了整个视觉;以至于眼睛不再忠实于目之所见,而虚假起来。何以如此呢?本来"我"的眼睛是说真话的,但"你的爱却又教给了我眼睛炼金术",把奇形怪状的东西改造成你那般美丽,把最坏的改造成最好的;"我"的心就这样患了"帝王病",把一切粉饰真实的"阿谀"当真了。(一一四)于是,当黑肤色女子出现时,"黑成了美的继承者","她的眼睛也穿上了黑衣","漾着哀思",哀悼那些涂脂抹粉、阿谀奉承之辈,而美应当是不涂脂抹粉的。(一二七)虽然这位黑肤色女子的眼睛绝不像太阳,(一三零)但"我爱你眼睛;你眼睛也在同情我,"

即使"太阳和星星跟天空配得相称，/却不如你眼睛在你的脸上那么美！/你两眼哀愁，跟你的面孔多调和；既然悲哀使你美，就让你的心/也跟你眼睛一样，前来哀怜我，/教怜悯配上你全身的每一部分"。（一三零）美不在肤色，而在相配，在相称。黑色的眼睛配黑的肤色，比东方的太阳和挂在西天的黄昏星还要美；但最美的当是与你的眼睛与你的心相匹配，这样你就能用你的全部身心来怜悯"我"。

可是啊，帝王病仍未治愈。爱对"我"的眼睛做了什么手脚，"使他们视而不见？"过去"我"曾经认识美，知道美在何处；现在，"我眼睛看得太偏了，目力多丧失"，陷入了世俗的圈子。眼睛糊涂还不算，这"糊涂眼"还钩住了"我"的心灵的判断力：明知道是"公土"，却当它是"私有领地"；明知道是丑，却硬说它是美："我的心跟眼，搞错了真实的事情，/现在就委身给专门骗人的疫病"。（一三七）"我"丧失了对善恶、对美丑的识别力和判断力，可你偏偏"用眼睛害我"，"在我面前向别处溜你的目光"，引起"我"的嫉妒；你那可爱的目光是"我"的仇敌，是害人的毒箭。如果你非要害"我"，让"我"痛苦，那就干脆"用双目一下子杀死我"吧！（一三九）最后，诗人终于在与丘比特的对话中（一四八）明白了，他之所以看不见真相，之所以失去了判断力，是因为他那恋爱中的眼睛一直在哭泣，在流泪，在守望，"无怪乎我会弄错眼前的景象；/太阳也得天晴了，才明察秋毫"。然而，能医好"我"的帝王病的，却不是什么哲理思辨，而是用神圣的爱火使之沸腾的、具有回春之力的温泉,"是重燃爱神火炬的——我爱人的慧眼"。(一五三)。

用"眼睛"描写爱的疯狂或偏执、透视心的创伤或剧痛,这仅仅是莎士比亚抒情诗的一个方面。在表达以爱情和友谊为表现形式的肉欲时,莎士比亚常常是不遗余力的,甚至不必借助语言的双关或隐喻来表达性欲的内涵。这也是莎士比亚十四行诗与同时代其他十四行诗的重大区别。诗集中的前17首是描写以生殖为手段征服时间的诗,在某种程度上具有形而上的哲理性,但仍不乏房事等意象。而爱的体验,从对一个明知道不忠的男人或女人的痴迷,到由此产生的自贬自虐,从对背叛者的忿恨和恼怒,到由于自己所犯错误而感到的追悔和自责:说话者对爱的态度千变万化,矛盾重重;所讲的被拒绝和被伤害的爱情故事也各自成篇,互为映照;它们见证了爱的痛苦,而不是展现爱的永恒。从最初未得到回报的爱,经过逐渐的幻灭、对错误的认识、对不忠行为的发现和对欲望的偏执,最后是彻底的拒绝,如此的见证和经验让人感到真爱并不存在。这或许就是世世代代的读者从莎士比亚的抒情诗中获得的爱的真谛。

Esabella Whitney

# 伊莎贝拉·惠特尼

毫无疑问,彼特拉克和莎士比亚这两位男性抒情诗人似乎都爱得致命,爱得昏庸,爱得痛不欲生。他们太专情了,以至于在爱的骗局中陷得太深;但也正因为陷得太深,也才有了今世读者用以饕餮的抒情飨宴。然而,与这两位爱得死去活来的男性抒情诗人完全不同甚至相反的是,同时代的两位女性抒情诗人倒是非常冷静,并以冷静的"眼睛"透视爱的骗局。她们是英国文艺复兴时期的女诗人伊莎贝拉·惠特尼和西班牙巴洛克诗歌的最后一位实践者,修女胡安娜·德·拉·克鲁斯。

英国文艺复兴时期的女诗人伊莎贝拉·惠特尼(约1540—1573)的生平,只能从其诗歌中的只言片语和以收集纹章[1]著称

---

[1] 亦称"盾章",兴起于欧洲中古时代,用以识别个人和各种组织的标记物。

的哥哥杰弗里·惠特尼（Geoffrey Whitney）的自传中推断出点滴。她可能于16世纪上半叶（1540年左右）出生于英国的柴郡（Cheshire），受过当时社会所能够提供给妇女的那一点点教育，后来在伦敦从事家政——当时在伦敦各阶层家庭的女孩子中很流行的一种工作。1567年左右她发表第一部诗集《一封信的拷贝》（共四首），其封皮上标明她出身绅士家庭（另一说是乡绅之家）；1573年发表第二部作品《甜蜜的花束》，包含110首哲理性很强的诗，诗中透露她生活拮据、独身无伴（这也是她从事诗歌写作的原因），家中可能有兄妹四人。弗吉尼亚·伍尔夫曾想象地推断她是大剧作家莎士比亚的妹妹，[1]但从其诗中缺乏正规训练的修辞风格和专属当时伦敦文学精神的世俗内容和鲜活的市井语言来看，伍尔夫的推测似乎站不住脚。

惠特尼的重要性与16世纪70年代英国即将出现的一种文学文化有关。首先，她是出身中下层社会的女性作家，这在当时非比寻常。其次，她为大众写作，以杂集的形式重写古典文本或模仿当时刊印的一种手稿文化。第三，她善于使用出自英国早期传奇中的典故（乔叟和高尔），用流行的本地白话模仿，风格粗犷随意，属于通俗歌谣的传统，对当时刚刚兴起的城市读者很有吸引力。同时，这种风格也是当时流行的英语诗歌形式，用百姓习惯的语言倾诉个体共同关注的一些常见问题：如女性无助的社会

---

[1] Lynette McGrath, *Subjectivity and Women's Poetry in Early Modern England.* Aldershot: Ashgate, 2002.

地位，社会和经济压力，友谊的相互性，名誉的重要性，对贪得无厌之人的谴责，以及一个女性诗人所承受的能否在社会上和文学界流行的压力。

许多批评家把惠特尼视为"职业作家"，但这并不是指现代靠写作维持生计的终生矢志不渝的一种生涯。对于当时的写作、印刷、出版以及与杂集或选集生产的关系而言，惠特尼只是个边缘人物，但她却是一位有既定目标、热衷于文学时尚、善于利用通俗表达方式捕捉读者的女诗人。她在诗中常常采纳双关手法表达明显不相容的目的：不知是证明她的宽容还是在向背信弃义的男人复仇？如下面这首《不幸作者的谨慎抱怨》所示：

好人狄多不要流泪，把全部的悲伤
留给我：而结果会雪上加霜。
　或如同以往，好人狄多尽了最大力量：
　帮着我渡过难关，可那更使我恐惶。[1]

（诗人似乎身处与迦太基女王狄多相同的境地。她有两个选择：为男友的离弃痛苦悲伤；或鼓足勇气，学习狄多，渡过难关。但这两个选择似乎都不现实：前一个会使她更加悲伤；后一个会使她惶惶不安。）

---

[1] 文中所选诗节陈永国译自 *Isabella Whitney, Mary Sidney and Aemilia Lanyer: Renaissance Women Poets, Ed.* Dannielle Clarke, London, Penguin Books, 2000.

尽管你的特洛伊同伴，那位埃涅阿斯老爷高高在上：
没有践行他的誓言，因为他已从迦太基逃亡。
在你的后代来此之前，他的虚伪关闭了你快乐的心房。

（你的男友是神的后裔，罗马的始祖，他是由于神的安排而离弃了你；况且，他和你在一起的时候，你们倾心相爱过。即使虚伪，即使离弃，又有何妨？）

而迫使我抱怨的却还有更大的悲伤：
我浑身苦痛，因为好运不长。
（啊）不瞒你说，她还咒我亡。
邪恶仍然跃跃欲试，不幸还会降在我身上。

（可我和你不一样。旧的痛苦还未逝去，新的厄运接踵而至。我身体不好，死神向我逼近。我感到邪恶四伏，厄运随时会降在我头上。）

噢，狄多你已经活过了，一个幸福的姑娘，
如果无常的命运没有束缚你的智慧：可怜的意志啊
正是为了一个男人，你才怀着致命的悲伤：
不顾悲惨的现实，他从迦太基城逃亡。
所以你要及时把那忧虑，从你的思想中逐出：

在他到来之前,他的离去可以医治创伤。
因为不添柴禾,火就不再燃烧:
为匮乏而烦恼,反过来还会烦恼。

(你曾经拥有过爱情和幸福,品尝过爱情的滋味。你现在所需要的是坚强的意志,不要为了一个背叛过你的男人而痛苦悲伤。忘掉过去,断开思念,分离能医治心灵的创伤:不添柴禾,火就会熄灭;不追求奢华,才不会为物欲所烦恼。)

但我最感不幸,充满无尽的悲伤:
在希望中绝望,没有释放悲伤的希望。
而当炙热的火,把蜡烛燃尽:
那些致命的伤害,仍在威胁我的衰亡。
噢,死神不会耽搁太久,你有责任宣布:
让三姐妹打发我的日子吧,结束我全部的忧伤。

(而我不但悲伤,而且绝望,而绝望的原因就是我仍然抱有幻想,仿佛没有经过悲悼的丧失就会陷入永久的忧郁,最终衰亡。我的唯一出路就是让命运三女神来结束我的悲伤。死亡是唯一的出路。)

显然,诗中说话者(一位女性)是利用狄多和埃涅阿斯的神话讲述自己的故事，用埃涅阿斯离开迦太基城来暗示自己男人的背叛，这样一种"抱怨"的确是非常"谨慎"的。而之所以谨慎，是因为在当时的社会环境中，一个女人是不被允许抱怨男人的，就像诗中描写的狄多，明知埃涅阿斯的背叛，却又无法拒绝他，因为那既是神的捉弄，也是罗马社会制度和法律的开端。诗中针对两种不同境遇的、具有选择性的道德说教突出了女性诗人自身的美德，但同时也点明背叛女人的男人应得的报应。在另一首题为《作者的劝告：给所有年轻的女士：也给所有恋爱中的姑娘》的诗中，她写道：

> 来自丘比特帐篷的处女
> 的确带走了那里的泥土
> 她们心怀沸腾的爱
> 忍着平生最痛的苦。

> 我对你说，因为你和她们
> 的确缺乏善意的规劝：
> 噢，如果我能给予金石良言
> 我的喉舌不该这般迟缓？

> 但我要尽我所能
> 略表肺腑之言：

如果你真的照着去做
你将无虑坦然。

（情窦初开的少女们，我出于真心、尽最大努力给你们规劝：沸腾的爱可能会换来最大的痛苦；你们要是听我的话，就会无虑坦然。）

警惕甜言蜜语
提防奉承阿谀：
人鱼歌声悦耳
的确心怀恶意。

有人流鳄鱼的眼泪
实际却心口不一：
而如果他们终未哭泣
那便是亮哭周瑜。

奥维德擅长爱的技艺，
也把同样的本领传递
弄湿双手，轻揉眼皮：
他们还是有泪不轻滴。

（甜言蜜语，阿谀奉承，人鱼歌声，这些都是骗人的伎俩。男人对你们流的是鳄鱼的眼泪，诸葛亮哭周瑜，也是奥维德传下来的爱的技艺。对这些必须予以高度警惕。）

你为何进行这种欺骗？
为何用这般狡猾的手段？
而此神不那么狡黠
却把我们简单的灵魂欺瞒。

你难道还不离开？
还用这个伎俩把我们欺骗？
如果这是事实，我们就将
注意这些勉强的谎言。

不要相信初次见面的男人，
而要给予他无数次考验：
愿所有少女都心中有数
务必记住我的金石良言。

因为考验将袒露他的胸怀
看他内心究竟有何打算：
他是不是真心爱你

还是想要畏缩不前。

（这些伎俩由来已久，人人皆知，为何还要继续任其行骗？对于初次见面的男人，不可轻信，必须给予考验；不可看其外表，必须探其内心。）

如果希拉不是不加考验
就轻易相信：
她就不会即使痛哭流涕
也被彻底抛弃。

如果她听取良言相劝
尼苏士将会活得更长：
她冒昧地相信了陌生人
结果坑害了亲爱的父王。

尼苏士王命中有子
将来要把王位传让：
他英勇善战无敌手
无论陆地还是海上。

女儿爱上的陌生人

发动战争反国王
他时时刻刻苦心想
怎样才能胜国王。

为获得她的遗嘱
希拉偷走继承人：
把他交给陌生人，
父王由此把命倾。

她本想已经计得逞
她的愿望将履行：
谁知那人归故里
希拉被弃未随行。

[希拉（Scilla）不是希腊神话中的怪物，而是海格拉国王尼苏士的女儿。根据奥维德所说，尼苏士长一绺紫发，谁能割掉这绺紫发谁就能要他的命，继承王位。希拉为了爱情割掉了父亲的紫发，欲将其献给她所钟爱的迈诺斯，却遭到迈诺斯的拒绝。她仍旧紧追不舍，跟在迈诺斯的船后，结果遭到惩罚，被变成一只永远被海鹰（尼苏士）追逐的海鸟。]

如果这种欺骗只一次
俄诺涅一定会知情：
艾达林中野地里
帕里斯独自把路行。

（俄诺涅是艾达山中的一个仙女。帕里斯爱上了她。后来帕里斯发现自己是普里阿摩斯的后裔，就为了特洛伊的海伦而抛弃了俄诺涅。）

如果有人告诉菲利斯：
说迪蒙福在欺骗
那就不会传流言
说她已被毁容颜

（迪蒙福的船遇到风暴，被迫靠岸，因此与菲利斯相爱。为表示忠贞不渝，菲利斯献出了童贞。但迪蒙福却一去不返；菲利斯自缢身亡。）

相信利安德的话前
海洛给了他考验：
所以才发现他对她
真诚、正直、心不变。

他经常游泳在大海
头上群星布满天
直到溺水浪头上
被水冲到海岸边。

她又抓头来又挠脸
（我伤心地对你讲）
她爱他情真又意切
可他还是未生还。

利安德的例子实少见
所以还是备为先：
信任之前先考验，
你才能爱得安全而无险。

（海洛是阿芙洛狄忒的女祭司。在一次宗教仪式上利安德与她一见钟情。他常常在夜里游过达达尼尔海峡与海洛幽会。一天夜里，风暴吹灭了海上的标灯，利安德溺水身亡。）

清澈见底的河水里，
小鱼无忧又无虑：
他兴高采烈睁眼看，

一个诱饵在眼前。

以为好运当头来,
左看右看好喜欢:
这个傻瓜把它信,
没有想到先试探。

噢,小鱼小鱼真不幸,
命运对你不公平:
本来快快活活无忧虑,
竟然遭此残酷刑。

既然你把诱饵见,
为何没有起疑窦:
噢,既然你有鹰的眼,
就该识破那鱼钩。

你和美丽的小同伴,
正在溪水里面游:
腓比斯先生每日来,[1]

---

[1] 腓比斯先生:指太阳。

展示他那金吊钩。

都怪你的命运多劫难,
结束生命在岸边:
关于这最不幸的结局,
我真不想再多言。

告诉偶来此的同胞,
千万警惕渔夫的钩:
在他捕捉你之前,
一定设法夺路走。

现在他窥视每个诱饵,
怀疑每根带刺的针:
(因为圈套处处有)
渔夫的陷阱到处留。

由于鱼儿缺理性
应该对他多提醒:
我们为何不警惕
避免担心的事宜。

*而我近来也受到*
*背信弃义人之欺：*
*如果我要活百年，*
*那就必须防谎言。*

（最后，诗人以渔夫引鱼儿上钩的故事警示女孩子，不要上男人的钩。男人到处设下陷阱，稍不留神就会上当受骗。）

诗中有引自神话中既功高德劭又难免犯错误的男女人物，也有童话般的小鱼儿受骗上钩的故事。神话和童话故事的寓意又往往与有意选择的语义构成矛盾，以强化读者（被规劝者）的注意力，这越发引起她们对背信弃义之男人的警惕。而这恰恰是惠特尼诗歌的特点：看似矛盾的双关表达，语言的心理深度和含混意义，以及双重的自我再现（以支持和反对两种态度为体现），是对当时社会顽固的主体——客体和男性——女性二元对立关系的解构，是对英国早期出版界模仿与创新、回顾与前瞻、经典与时尚等竞争性文化观念的消解。在这个意义上，可以说，惠特尼在一个纯粹由男性操控的父权社会里为妇女的言说欲望开辟了一个诗歌空间：在这个空间里，女性可以用语言的双关性表明她的言说欲望，既与父权社会相冲突，但也未被征服；既向世人昭示了女性的卑贱地位，但也宣告了女性的权力感。

*Juana de la Cruz*

# 胡安娜·德·拉·克鲁兹

修女胡安娜·德·拉·克鲁斯（1651—1695）创作的时期刚好处于西班牙文学黄金时期的强弩之末，因此被视为西班牙巴洛克诗歌的最后一位实践者。巴洛克是一种风格，是17世纪欧洲文学、音乐、建筑、绘画和雕塑的主流，其主要特点是不受艺术门类、体裁、媒介和空间的限制，尤其不受传统、语言和习俗的限制，集中体现了欧洲地理大探索和殖民大扩张的精神。作为时代的产儿，胡安娜跻身两个完全不同的世界：既是具有国际风格的巴洛克艺术家，又是几乎一生都在修道院里度过的修女（墨西哥城圣杰罗姆宗的圣保罗修道院，圣奥古斯丁曾在那里当过神甫，并为其制定了严格的以简洁、感性为主的修行制度）。她的书信、抒情诗、剧本和祷文走出修道院壁垒森严的高墙，影响了西班牙在南美建立帝国的两股强大力量：墨西哥摄政王的宫廷和天主教教会。令同代人和后世赞叹不已的是，作为一位被殖民者、女性和受宗教桎梏束缚的修女来说，胡安娜并没有在克维托、龚古拉和卡尔德隆等大作家面前感到焦虑，[1] 而是在自己的诗歌中采纳了龚古拉的语言，在剧作中采纳了卡尔德隆的惯例，在抒情诗中采纳了克维托的夸张比喻，在风格上体现了麦迪那的滑稽讽刺。在这种综合中，我们看到的不仅是胡安娜对尤卡坦半岛文学巨人的有意模仿，而且是基于模仿之上的一种多维创新，是以愉悦和惊诧为目的的技巧表演，也是一位"自学成才"且才华横溢的修女作家创作冲动的全方位展现。她的作品无论就整体还是部分而言都是一种"元文学"现象。

1690年11月，圣克鲁兹的主教马努埃尔·佛南岱兹未经胡安娜许可发表了她的一份手稿（他取名为《雅典娜的信》。信中，胡安娜批判了40年前的一位耶稣会成员安东尼奥，后者声称拒绝接受包括圣奥古斯丁在内的早期神父制定的教规）。主教在寄给她这封《信》的同时也发表了自己的见解，告诫胡安娜要学习神圣经典而不要读凡人的书信。三个月以后，胡安娜写出著名的剧本《回应》，来回答主教的告诫：凡人的书信不是理解《圣经》的障碍，而是必要的准备和补充。剧中，她以诗人的身份出现，赞扬了《圣经》的诗歌价值，尤其是《诗篇》中大卫王的诗和所

---

[1] 克维托、龚古拉和卡尔德隆均为17世纪上半叶在胡安娜之前成名的西班牙作家，对17世纪和18世纪西班牙黄金文学后期影响很大。

罗门的《雅歌》。她还在作品中和生活中为自己的创作生涯和女性教育辩护，正因如此，她还被认为是美洲的第一个女权主义者。1691年,也就是结束《回应》的写作后不久(剧本于她死后才发表)，胡安娜毁掉了她珍藏的图书和其他物品，签署了一系列文献，对过去的写作生活表示忏悔，重返修女生活，然后便销声匿迹，直到1695年在一场大瘟疫中由于照顾其他修女而死于瘟疫。

胡安娜的诗歌大部分写于1669年她进入墨西哥城圣保罗修道院之后。她的诗歌主要描写她在副摄政王宫殿里的十年生活，其中有即兴诗、抒情诗和具有明显个性的讽刺诗和宗教诗，以简洁的警句和冗长的"哲理讽刺"对妇女的虚荣心、爱情的愚钝、以及自己身处王宫和修道院之间的反常境遇进行了深刻的批评。

在一首题为《她否认肖像里明显的谄媚，而称其为偏见》的诗中，她写道：

你面前堆着的这些颜料，
把妩媚提供给每一支画笔
使不警惕的目光误入歧境
确定虚假的色彩前提。
这里，迎着恐怖的时间丧钟，
恬淡的吹捧大胆地宣称
无视昔日岁月的权力
抹去那些记忆和威名。

这里，在这空洞的艺术品中——
脆弱的鲜花迎风摇曳
无谓地祈求愚蠢的虚荣，
可怜的盾遇上了命运之剑——
一切努力终成泡影
一个身体将在尘土和阴影中飘零。[1]

这是写给一位画家的，甚或是一位肖像画家。画家用鲜艳的色彩描画妩媚的脸庞，用色彩制造虚假的外表，用空洞的艺术进行恬淡的吹捧。然而，时间是无情的：莫大的权力和无上的威望都将被时间冲淡，愚蠢的虚荣和无谓的防御都将在命运之剑下成为泡影，最终归为尘土。生命是苦；世界是烦。而这一切苦与烦都是因为我们太爱美物，于是，在另一首诗中（《世界啊，你烦扰着我，可曾有所得？》），她问道：

世界啊，你烦扰着我，可曾有所得？
如果我不让美物占据我心，如此精明的选择
而把美的每一个储存，统统浪费
你还怎样伤害我？

---

[1] 文章所选诗节陈永国译自 *A Sor Juana Anthology*, translated by Alan S. Trueblood, with a forward by Octavio Paz, Cambridge, MA and London, UK: Harvard University Press, 1988.

奢华与财富没给我带来快乐
我唯一寻求的幸福
衍生于我心中存储的宝藏,
而不是存心要把快乐赢得。
我不珍视秀美。美的事物都要付出
时间的代价,胜者交出指定的费用
财富甚至能骗过老练的眼睛。
我的方法更好更实际:
抛弃虚荣的生活,
不因虚荣而浪费生命。

一旦抛弃了美物,抛弃了奢华和财富、快乐和虚荣,我便无所求。无所求也就无所失,因此也无须付出任何代价,无须交出"指定的费用"。虚荣是浪费生命;抛弃虚荣才能实现生命的价值。然而,命运总是捉弄人;给人提供无穷无尽的精神才能,提供成功的机会。而庆祝成功的掌声越大,激起的嫉妒和愤恨也就越多。"才华出众"会引起嫉妒,遭到诽谤,并因此而徒增痛苦。在《命运》中,诗人写道:

命运,使我犯了如此大的罪过
那就加倍惩罚或折磨我吧,
那折磨精神预见到了

而你悄声说你还储存着更多?
如此严厉地对待我,
你毫不保留地暴露你的无情
当你把这精神的才能赐予我
你只是想要把我的痛苦增多。
给我掌声,你搅起了嫉妒的愤恨。
把我抬高,你知道我会摔得多狠。
我无疑落入了你的圈套
远远超过了不幸带来的烦恼,
看到你把储存的祝福给了我
没有人猜得出那成本有多高。

这就是命运设下的圈套:它把你抬得越高,你就摔得越重。它给你的祝福越多,你付出的成本就越大。它还给你的才能越多,你遭受的嫉妒就越致命。当你为你的成功而兴高采烈时,你可能没有想到这成功给你带来的欣悦和骄傲,恰恰就是毁灭的前兆。如《玫瑰》:

玫瑰,精心培育的天堂之花
你奉献了微妙的芬芳
给每一种美以绯红的教导
给全部的美以雪白的布道。

我们人类丰满匀称的外貌,
是酝酿末日的骄傲的前兆,
到那时自然选择把欢乐的摇篮
与毫无欢乐的坟墓联手建造。
蔑视你必死的一切暗示,
你一开始就这样傲慢地宣告!
可这么快你就凋零枯萎,
你的枯萎带来了讣告。
因此才有无头脑的生和有头脑的死
活着时你句句谎话,将死时你把真情奉告。

　　人类的外表与玫瑰没什么区别。玫瑰看上去很美,也给世界带来美。它装点美的摇篮,给人以愉悦。但也正因为美,它活得无头脑,蔑视一切死的暗示,看不到眼前的沟渠和暗礁,但最终逃不脱枯萎凋零的命运,带着欢乐的摇篮进入毫无欢乐的坟墓。在死亡面前,一切都是真实的。但活着的时候,每句话都是谎言。在恋人之间,在夫妻之间,在爱与被爱之间。疑心和猜忌,嫉妒和怀疑,令所爱之人的心于瞬间消散。在《我的爱人》中:

　　我的爱人,今晚我俩谈话时
　　我揣摩了你的表情和行动
　　你不需要什么言辞来争辩

我渴望把心扉向你敞开。
我希望爱人明白我的意图
纵然我的愿望不可能实现：
悲伤掩盖了如雨的泪水
每一次跳动我的心都在消散。
够了，我的爱人，够了：
别再让邪恶的嫉妒施行暴政，
别再让疑心毁了你清醒的头脑
徒劳的怀疑会加重愚蠢的忧郁，
而现在，今天下午，你看到和摸到
我的心，在你的手中灰飞烟消

对于（像彼特拉克和莎士比亚那样）爱得极度痛苦的人来说，死是一种解脱。死是一种公平。死也是愿望的实现。那些垂怜于你的眼睛，那些为你拨动的琴弦，那些为你流下的泪水，都将在死的行为中与你的名号一起腐烂，如同在献给劳拉的《让那些愿望随你一起死去》：

让那些愿望随你一起死去，劳拉
现在你死了，它们也于世徒劳
你曾经垂青的那些眼睛
再也不会有可爱的亮光闪耀。

让这不幸的竖琴发出寂静的回响
把你唤醒，腐烂叫着你的名号，
愿这些字迹的笨拙潦草
表达我的笔为缓解痛苦而流下的泪水。
让死神自行感到怜悯和后悔
鉴于死亡的律法，他无法放你生还
而哀叹痛苦的环境
哪怕只一次，为了快乐的因缘
他希望那些眼睛在你身上饕餮
而现在它们只能悲哭伤感。

  修女胡安娜在诗中运用大量的墨西哥印第安人方言、刚果黑人的语言、拉丁语和粗野的巴斯克语。胡安娜向往的是各种真理的综合和各种知识的统一。世界是需要解决的一个问题。宇宙是一个硕大的实验室。要拯救迷途的灵魂必须诉诸知识，去认识世界，而认识世界就是不加判断地质疑这个世界。但她所生活的有限世界容不下这种新的认识，所以，在 25 年辛勤的认识活动之后，胡安娜从梦中醒来，屈服了，沉默了，西班牙文学的黄金时代，或许还有整个欧洲抒情文学的鼎盛时期，也随着这次梦醒而结束了。随之而来的是基于现实生活、充斥着奔放的想象力、同时又追求崇高的一种浪漫的诗歌。

# John Donne

# 约翰·邓恩

修女胡安娜的诗歌作于她在圣保罗修道院的日子,抒发的情感大都源自世俗的日常生活,表达的思想也宗教般地深邃。作为神职人员,约翰·邓恩(1572—1631)曾在英国圣保罗大教堂担任过主持牧师,他的诗歌作于他在大教堂工作、生活的日子。邓恩的诗歌分为艳情诗和神学诗两类,记录了他从对世俗爱情的辛辣讽刺到对宇宙万物的宗教关怀。然而,无论是艳情诗还是神学诗,一种辩证的哲思始终在他的诗歌中贯穿。他在诗歌中思考的问题是忠贞与背叛,据说这与他自己背叛天主教而皈依英国国教有关,人生中的这一重大转折在心理上留下了难以消除的痕迹,灵魂的痛苦和不安使得他的爱情诗背负宗教的责问,而神学诗则背负情感的责难。他常发奇想,擅用奇特意象,而且,无论是抒发情怀还是讨论神学问题，他都"喜弄玄学"，使诗歌具有了戏剧性的哲理意趣，且因使用口语化语言而浅显易懂。在《告别词：莫伤悲》中，诗人这样写道：

有德之人逝世，十分安详，
　　对自己的灵魂轻轻说，走，
这时候，一些悲伤的亲友讲，
　　他的气息已断，有些说，还没有。

让我们融化吧，默默无语，
　　不要泪流如洪水，叹息似风暴，
那将会亵渎我们的欢愉——
　　要是让我们的爱情被俗人知道。

　　这两节读起来似乎不知所云：先是说有德之人死的时候都十分安详，对自己的灵魂说走，然后就走了。但那些悲伤的亲友却还在猜测他是否真的断了气。但仔细想来，诗人似乎把有德之人与悲伤的亲友作对比：前者关注的是灵魂，后者关注的是肉体。接下来"让我们融化吧"一句似乎又是一个突兀的转折：我们不要作声，不要流泪，不要叹息，因为那样做会让俗人知道了我们的爱情，我们的欢愉就会被亵渎。这两节之间的联系似乎只是我们的"默默无语"与有德之人的"轻轻说"，于是，读者可以从中区别开两种人：我们和有德之人，悲伤的亲友和俗人；他们在对待同一个处境时持两种截然不同的态度。那么，这个处境是死亡吗？

地震带来恐惧和灾祸，
　　人们谈论它的含义和危害，
天体的震动虽然大得多，
　　对人类却没有丝毫的伤害。

诗人没有回答这个问题，而仍然在讨论两种不同的事物：地震和天体的震动。前者给人类带来恐惧和危害，后者对人类却没有伤害。但这似乎与有德之人的死和我们的融化丝毫没有关系。唯一的联系就是诗中二元对立思维模式的存在。但是在下面的几节诗中，情形就大不相同了。

世俗的恋人之爱
　　（它的本质是肉感）不允许
离别，因为离别意味着破坏
　　凡俗之爱的基本根据。

但我们经过提炼的爱情，
　　它是什么连我们自己也一无所知，
我们既然彼此信赖，心心相印，

对眼、唇、手就漠然视之。

我们俩的灵魂融成了一片,
　　尽管我走了,却不会破裂,
这种分离不过是一种延展,
　　像黄金打成了轻柔无形的薄页。

　　诗人显然在谈论两种完全不同的爱情:一种是世俗的爱恋,它不允许离别;一旦离别了,爱情就破裂了。另一种是经过提炼的爱情。这种爱情是彼此信赖,心心相印,而不是肉体的依赖(眼、唇、手)。在对爱情的这种辩证分析中,诗人谈到了"我们俩"经过提炼的爱情,我们的灵魂已经融化在一起,因此即使分离,那也只能是身体的分离,而灵魂依然在一起,因此不过是一种延展,仿佛黄金被提炼成金箔一样。接下来的三节诗中,诗人用了一个奇特的意象,来说明精神之爱的不可分离性。

我们的灵魂即便是两个,
　　那也和圆规的两只脚相同,
你的灵魂是圆心脚,没有任何
　　动的迹象,另只脚移了,它才动。

这只脚虽然在心中坐定,

如果另只脚渐渐远离，
　它便倾斜着身子侧耳倾听，
　　待到另只脚归返，它就直立。

对于我，你就是这样；我像另只脚，
　必须倾斜着身子转圈，
你坚定，我的圆才能画得好，
　我才能终止在出发的地点。（胡家峦译）

　　恋人的两颗灵魂就像圆规的两只脚，永不分离。即使一只脚"走"了，但由于另一只脚坚定不移，斜着身子倾听，那只脚也会回来，歪斜的身体也会重新直立。而且，只有未离开的那只脚坚定，离开的脚才能画出完美的圆来。至此，我们才清楚前面几节诗中有德之人的逝世和亲友的悲伤，危害极大的地震和毫无伤害的天体震动，肉体的爱欲和提炼过的精神之爱，都是为这个奇特的意象做的准备。这也是诗人最负盛名的一个奇思妙喻。
　　莎士比亚用夏日、五月花儿和太阳来表示时间的无情，藉此催促爱人早日投入他的怀抱，并以诗喻爱情之永恒（第十八首）。意象之妙，多为世人称颂。而邓恩则更为奇特，除圆规外，还有跳蚤。在《跳蚤》一诗中，一个男人对他所爱的女人说：

　注意这只跳蚤，注意这一点，

你对我的拒绝是多么的肤浅；
它先叮了我，现在又去叮咬你，
在这跳蚤的肚里，我俩的血混合在一起；
承认这一点，这并不能够说
是失去童贞、耻辱或罪过，
　但这求婚之前的尽情享用，
　将我俩的血撑满腹中，
　天哪，实非我俩能掌控。

诗人仿佛用手指指着那只跳蚤，让所爱的女人看，接着开始说理，以证明"你对我的拒绝是多么的肤浅"。一只跳蚤，它叮了我也叮了你，于是你的血和我的血就混合在它肚里，即便我们还没有结婚，但血液已经融合在一起。

啊，三个生命共处一只跳蚤里，
我们几乎，不，已胜过结发夫妻。
这只跳蚤就是你和我，它应当
是我们的婚床，和婚礼的殿堂；
尽管父母不愿意，还有你，我们还是相遇，
且在这有生命的黑色墙壁内隐居。
尽管习惯使你想要将我杀死，
　请不要将自我谋杀、渎圣之事

和杀三命的三重罪强加于此。

说理在继续。你的血、我的血和跳蚤的血混在了一起,我们三个已经结合为一。我们在跳蚤的身体里结合,它是婚床,是婚礼的殿堂,我们在它的身体里隐居。即使结发夫妻也没有像我们这样紧密。所以,我提醒你,千万不要习惯性地打死那只跳蚤,因为那是犯罪,是杀生,而且是三条生命:你的、我的和跳蚤的。

为何如此残忍和鲁莽呀
用无辜的血去染红你的指甲?
这跳蚤有什么罪和孽
除了从你身上吸了一口血?
但你却洋洋自得地说
你没发现你和我比以前更虚弱;
 确实,那么你该知道恐惧有多不真实;
 委身于我时就那么点贞节会消失,
 犹如这已死跳蚤从你身上获取的生命一丝。(陆钰明译)

男人的说理似乎未起作用。女子还是杀死了跳蚤,鲜血染红了她的指甲,而且说这点血算什么,你我并未因为失去它而虚弱。这又给男子提供了继续说理的机会。既然失去这点血并未使我们虚弱,那就更不应该恐惧了。你委身于我的话也不过就是失去那么一点点血,女人的贞节也不过就是那么一点点血吧。这是多么日常的一种奇思妙喻,却又是多么深奥的审辨哲思。那是多么古老的一种道德自律,却又是多么现代的一种情欲放纵。在视贞操如生命的年代,邓恩就如此地后现代,这说明或只能说明他对人性与人生的领悟是深刻的,彻底的,因此具有跨越时空的普遍性。

在《惊魂脱体》一诗中,邓恩用一种强烈的对比反衬"肉体的僵滞"和"灵魂的激越":

正像床上经常支着枕头,
那饱孕的岸边也正托着
紫罗兰的美丽秀颅,同样
　我俩正在那里默默坐着。

开首一节诗中就呈现了一幅美丽的画面:河边盛开着紫罗兰,一对恋人像紫罗兰那样默默坐着,静静地就像床上放着的两只枕头。恋人与紫罗兰的对比给人的遐思似乎并不足够,或许有点俗,就像用玫瑰比喻爱情而毫无新意一样,寓意也不够"饱孕",但如果把岸边花丛中的一对恋人与床上的一对枕头勾连起来,情形就大不相同了。

我们的手被胶粘在了一起,
　那胶就在我们中间产生;

我们目光被交织在了一起，
　　一道双线正将我俩密缝。

一只手被移接在另一只手上，
目前我们只能这么结合；
还有用眼睛去攫取图像，
　　我们只能这么联络。

　　恋人手拉着手对视，这是很平常的一幕。但是，恋人的手被他们自己产生的胶粘在了一起，他们的目光就像针线把他们紧密地缝在了一起，这样的描写就超出常规而显得奇特了。而且，他们目前唯一可以联络的方式就是把一只手搭在对方的另一只手上，通过对视的目光结合在一起。然而，迄今为止我们看到的虽然譬喻奇特，但还仍然是外部的。两人的对视就好比两军对垒，胜负一时难分。

正像两支对垒的劲旅那样，
胜负之日目前尚且难言；
我们的灵魂——此刻已经出窍，
　　正飘荡在她和我的中间。

当着我们的灵魂正在那里商谈，
我们的躯体却如墓中石雕一般；

整天整天我们保持着这个姿势,

　　整天我们待在那里,不发一言。(高健译)

最后两节中突然从外部转向了内部,从身体的姿态转向了灵魂的结合。此外,此前始终模糊的说话者身份也通过"她和我"明朗化了。这依然是男子在向女子表述衷肠,阐述道理。虽然我们的身体像墓中雕塑,静止不动,无法采取爱的行动,但我们的灵魂已经在热烈商谈,浑然一体。由此,一个冷静的外部身体形象骤然转化为内心里情感的激荡,"画面上的景象与诗行里的情思也就更加栩栩如生"了。(译者语)

肉体与灵魂的分离标志着邓恩艳情诗的特点。肉体与灵魂的结合则标志着肉体爱欲向精神之爱的一种升华,更显示出他愈加浓厚的宗教意识,进而逐渐抛弃对世俗之爱的欲求,而转向对生死问题的宗教式思考。他对死亡的态度是矛盾的,既欢迎又拒绝,既肯定又怀疑。生与死的界限常常是模糊的,生即死,死即生。生与死之间的转化是必然的。或许,生的意义就在于死,而死的意义也在于生。基于这样一种生死观,人对死亡就无所畏惧了,甚或蔑视之。

死神,你莫骄傲,尽管有人说你
　　如何强大,如何可怕,你并不是这样;
　　你以为你把谁谁谁打倒了,其实,

可怜的死神,他们没死;你现在也杀不死我。
休眠、睡眠,这些不过是你的写照,
既能给人享受,那你本人提供的一定更多;
我们最好的人随你去得越早,
越能早日获得身体的休息,灵魂的解脱。
你是命运、机会、君主、亡命徒的奴隶,
你和毒药、战争、疾病同住一起,
罂粟与符咒和你的打击相比,同样,
甚至更能催我入睡;那你何必趾高气扬呢?
睡了一小觉之后,我们便永远觉醒了,
再也不会有死亡,你死神也将死去。(《致死神》,杨周翰译)

　　死神并不像人们所说的那样强大、那样可怕。你以为你让许多人死了,他们就真的死了吗?他们其实没有死;他们不过是在睡觉、休眠。你也同样杀不死我。那些死去的人,他们的灵魂得到了解脱;他们摆脱了毒药、战争和疾病,早日获得了安宁。而等他们睡醒之后,便永远觉醒了,不会有死亡了,你死神也将随死亡一起消亡。那么你还有什么可骄傲、可趾高气扬的呢?死亡是暂时的,死后的幸福是永恒的。对于诗人来说,死亡并不是生命的结束;而不过是从这个世界上消失而进入了另一个世界。死亡是一种生存状态,因此可以死而复生。在《在圆圆的地球上想象的角落》一诗中,人和天使一起"从死亡飞升"。

在圆圆的地球上想象的角落

你的螺号,天使们,从死亡飞升,

飞升,你灵魂的无数个

无限,走向你无数疏散的躯体,

洪水已把他们冲决,烈火将把他们吞噬,

战争,饥馑,年老,疟疾,暴政,法律,

命运,都把他们倾轧,而你那双眸

将看见上帝,用不品尝死亡的悲凄。

让他们安睡吧,主啊,我为空白哀悼;

倘若我的罪孽在这一切上面丰饶,

那时便再无良机请求你恩惠的

无量。在这低野的土地上,

教我如何悔改吧,悔改了便如前善良,

仿佛你的鲜血把对我的宽恕堵塞。(杨周翰译)

圣保罗曾说:"我们不是都要睡觉,乃是都要改变,就在一霎时,眨眼之间,号筒末次吹响的时候;因号筒要响,死人要复活,成为不朽坏的,我们也要改变。这必朽坏的总要成为不朽坏的。这必死的总要成为不死的。"(《圣经》,哥林多前书15:53)这就是复活。我们复活的时候,灵魂从死亡飞升。那时,我们就向骄傲的死神发问:"死啊,你得胜的权势在哪里?死啊,你的毒钩在哪里?"这是圣保罗向死亡发起的挑战;也是邓恩向上帝发出的祈求：让他们安睡吧，他们的灵魂已经离开躯体，疏散开来，只等着那复活的时刻。我为此祈祷，在这低野的土地上，请求你无量的恩惠，教我悔改，悔改了便又同以前一样善良。这显然是一个罪人的声音，是一个要求悔过自新、在想象中获得永生之人的声音，也是充斥于邓恩神圣十四行诗中的一种浑厚的声音。它跨越了生与死的界限。它要求改变，从朽坏的变成不朽坏的，从死的变成不死的。但唯一不变的就是他侍奉的绝对君主，那就是爱。

邓恩的诗代表了在他以后的时代里消失了、却本不该消失的一种诗风，其特点是"靠简短的词句和突兀的对比"取得惊人的效果：如"绕在白骨上的金发手镯"。[1]这种诗风表现了一种感受力，是"对思想直接的质感体悟"，或是"将思想变为情感的再创造"。[2]抑或是思想和情感的有机统一。17世纪以后，这种统一分裂了。首先是语言的细腻导致了思想的粗糙，接着是情感的细腻导致了思想的缺失，而后又是思想占了情感的上风。一首完美的诗中，智性和感性应该是统一的。就诗人的兴趣而言，"智性越强就越好"，但关键在于如何把智性转化为诗，即在最佳状态时"致力于寻找各种心态和情感的文字对应物"。[3]

---

[1] 艾略特，玄学派诗人。《艾略特诗学文集》，王恩衷编译，北京，国际文化出版公司，1989年，第26页。

[2] 艾略特：《艾略特诗学文集》，王恩衷编译，北京，国际文化出版公司，1989年，第31—32页。

[3] 艾略特：《艾略特诗学文集》，王恩衷编译，北京，国际文化出版公司，1989年，第32页。

# Matsuo Basho

# 松尾芭蕉

松尾芭蕉(1644—1694)以前所未有的方式把中国散文、日本古典文学以及当地语言和题材结合起来，开创了一种新的文体——俳文（haibun）。芭蕉一生用俳谐写作，但只有在1690年，当去奥州旅行回来后不久，他才认真地考虑改用一种俳文写作，也就是具有俳谐精神的散文，最早面世的是1690年夏写的一封信。但直到1694年，他才写出《奥州小道》，其字面意思是"通往内部的狭窄小路"，而实际则意在用旅行文学的形式探讨俳文的各种可能性，其对日本散文的影响之大只有镰仓时代（1185—1333）的"中日混合文体"可与之相媲美。作者有意在综合三种文体的基础上变换花样，时而用紧凑的古日语的措辞和风格（如"白河关"），时而用中文的文体和内容（如对松岛和象泻的描写）。

芭蕉把以前出于不同目的写的一些文本加以重写，重新编排，把中文文体的一些段落置于高潮，结果使读者在语言和文体上经历了一次多样化的俳文旅行。

然而，芭蕉的《奥州小道》并非止步于语言和文体的实验；它也是一次告别"虚幻之世"的灵魂之旅。诚如作者所说：

> 日月乃百代之过客，周而复始之岁月亦为旅人也。浮舟生涯、牵马终老，积日羁旅，漂泊为家。古人多死于旅次，余亦不知自何年何月，心如轻风飘荡之片云，诱发行旅之情思而不能自已。乃流连于海滨，去秋甫回江上陋屋，扫除积尘蛛网。未久岁暮，新春迭至。每望霭霞弥天，即思翻越白川关隘，心迷于步行神，痴魔狂乱；情诱于道祖神，心慌意乱。乃补缀紧腿裤，新换斗笠带，针灸足三里，心驰神往于松岛之月。遂将住处让与他人，移居杉风别墅。[1]

此文开首便显示李白《春夜宴桃李园序》之气势："夫天地者，万物之逆旅也；光阴者，百代之过客也。而浮生若梦，为欢几何？"不过李白的"为欢几何"对于芭蕉来说，不是饮酒赋诗作乐，而是像船夫马夫那样终生"羁旅"，四海为家。而即便是李白、杜甫也几乎同样终生羁旅，客死浔阳洞庭。芭蕉和他们一样，也

---

[1] 松尾芭蕉：《奥州小道》，郑民钦译，石家庄，河北教育出版社，2002年，第55—56页。

"心如轻风飘荡之片云,诱发行旅之情思而不能自已"。他去年秋天(1688)刚刚回到芭蕉庵,今春就又思"翻越白川关隘","心驰神往于松岛之月"。松岛为日本三景之一,风光最为秀丽,咏之和歌亦为最多。在春天即将过去之际,芭蕉与弟子离别,踏上前往奥州的写作之旅。虽多有期待,但临行仍黯然神伤,遂作诗一首洒泪别离"虚幻之世":

匆匆春将归,
鸟啼鱼落泪。[1]

据陆坚解,"鱼落泪"语自杜甫《春望》中"感时花溅泪,恨别鸟惊心",或《汉乐府》中"枯鱼过河泣,何时悔复及",或苏轼《留别雩泉》中"二年饮泉水,鱼鸟亦相亲";关森胜夫则将句中"鸟"解为白居易《长恨歌》中"比翼鸟",而此"比翼鸟"又源自《尔雅》中之"比目鱼"。以此深解其意为"不仅惜别",更有"切盼重逢"之意。空中鸟,水中鱼,鸟啼声悲,鱼儿落泪,既为春将去,又为人将离。其个中意境,更有王维之"春草明年绿,王孙归不归?"之耐人咀嚼的深意。

过白河关,至须贺川。见驿站附近有一栗子树,感"栗"由

---

[1] 陆坚又译:匆匆春将归,鸟啼声声无限悲,鱼哭泪花飞。见关森胜夫、陆坚:《日本俳句与中国诗歌:关于松尾芭蕉文学比较研究》,杭州,杭州大学出版社,1996年,第127页。以下陆坚译文均出自此书。

"西"与"木"组合,遂与西方净土有缘;又感行基菩萨终生杖柱皆用此木,故写诗一首:

此花世人不屑顾,
檐下偏植栗子树。[1]

栗树,落叶乔木,广生各地,的确质朴无闻,世人不屑顾。然而,有菩萨用其做杖柱,其字便与西方净土联系起来,其树也颇为神圣起来。但栗树之花却不为人知,恰与今日国人食栗清热解毒而不赏识其花貌相同。而"不屑顾"和"无人赏"并不能说明栗花之无价值;正如王维笔下南国盛产之红豆,生活中,因普遍而被忽视者,才是"最相思"之物。

在平川高馆,芭蕉眺望义经居所周围,当年据守此城的忠臣义士,虽功名显赫,却也成过眼烟云,遂想起杜甫诗句:"国破山河在,城春草木深。"芭蕉将一"深"字改为"青",和着周围蔓生的荒草,触景生情,吟俳句(haiku)一首:

夏天草凄凉,
功名昨日古战场,
一枕梦黄粱。[2]

---

[1] 陆坚又译:盛开屋檐下,质朴无闻栗树花,没人赏识它。
[2] 陆坚又译:高馆草无垠,犹记当年燹痕,功名梦难寻?

怀古伤今，慨叹战乱。借古战场之"白骨黄沙"，喻人间功名荣华之瞬息多变，进而道出人生的虚幻与短促。此俳句不但写出了杜甫《春望》中伤世感怀，表现了《倦夜》中"万事干戈里，空悲清夜徂"的感慨忧愤，而他此时的心境似应更接近"一生几许伤心事，不向空门何处销"（王维）的悲悯情怀。

然而，虽然时代战乱，灾祸横流，到处是"哀哀寡妇诛求尽，恸哭秋原何处村？"（杜甫）的景象，仍有经过风雨吹打、岁月侵袭而辉煌如初的金色堂：

梅雨未曾洒光堂，
今日犹辉煌。[1]

梅雨季是令人忧郁、心烦意乱的季节；它长年累月，如期而至，腐蚀着万物，但唯有停放三代人棺木的金色堂依然如故，在杂草丛生的废墟中傲然挺立，大放异彩。诗人似有"六朝旧事随流水，但寒烟衰草凝绿"（王安石）的心境，感慨世事纷扰，古人无论贫穷富贵，皆已相见于"三泉"之下，"金棺葬寒灰"（李白）。然而，梅雨也有令人激荡向上的迅猛之势，"汇聚梅雨水连绵，浊浪湍急最上川。"最上川梅雨汇聚，奔流直泻，有"飞流直下

---

[1] 陆坚又译：梅雨年年降，不时迫打金色堂，而今仍辉煌。

三千尺"之雄奇感。

芭蕉随后来到出羽三山：羽黑山、月山和汤殿山。"归舍，应阿阇梨之求，书三山巡礼之句于诗笺。"

静寂羽黑山，
新月朦胧凉爽天，

云雾罩峰巅，
几度缠绕几度散，
明月照月山。

讳言汤殿山，
神秘敬畏感玉瑞，
沾袖泪潸潸。

山之虚静，峰之云烟，夜之朦胧，加之神山之神秘，故有"新月朦胧凉爽天""明月照月山""沾袖泪潸潸"之佳句。虽无提示，却也让人自然想到王维的《山居秋暝》：

空山新雨后，天气晚来秋。
明月松间照，清泉石上流。
竹喧归浣女，莲动下渔舟。

随意春芳歇,王孙自可留。

秋之黄昏,凉爽宜人。秋之山空旷寂静。明月从山间升起,照在清泉石上,碧波辉映,流泻淙淙,渔舟牵动荷花莲叶,伴着竹林中阵阵欢笑,如此清新幽丽之景色,岂能不掀动王维、芭蕉等孤高清洁之士的留住之意?

"阅过无尽山河水路之风光",芭蕉来到与松岛齐名的象泻。观其地貌,与向阳而呈笑容的松岛相比,"象泻忧怨,岑寂悲凄"。象泻忧怨之相是因为其向阴,地势孤寂,令人望而生悲。但于烟雨之中观水中荷花,半开半合,却甚是撩人。再细观之,见荷花花房上落有细小雨滴,想到中国西施颦眉时睫毛里的泪水,于是成诗如是:

象泻绰约姿,
雨里合欢花带愁,
婀娜似西施。[1]

句中西施之喻既有"欲把西湖比西子"之隽永情味,又有"泉眼无声惜细流,树阴照水爱晴柔"(杨万里)的爱美情怀。以美女喻美景,构思精妙,联想丰富。

---

[1] 陆坚又译:雨中合欢花,西施颦眉情更佳,象泻景堪夸。

进入加贺国,行进在乡间小路,远望有矶海,近闻稻花香。一幅田园美景,遂生俳句一首:

清香扑鼻来。
早稻田里散步来,
右边有矶海。[1]

刚刚咏过田间稻浪,浩渺云天,就听闻金泽俳谐诗友去冬已逝,今其兄为其追荐法事,悲痛之余,乃吟一句:

悼君我悲恸,
化作秋风萧瑟声,
坟冢也惊动。[2]

把秋风的凄凉萧瑟当作内心的悲痛哀伤,用自然的情景氛围描绘出诗人心头顿生的惆怅悲凉,起于秋风,终于心境。写法颇似杜甫之《天末怀李白》:

凉风起天末,君子意如何?
鸿雁几时到,江湖秋水多。

---

[1] 陆坚又译:田间小道长,右望有矶海腾浪。近闻稻花香。
[2] 陆坚又译:悲声似秋风,悼君坟墓也震惊。我泣泪盈盈。

文章憎命达，魑魅喜人过。
应共冤魂语，投诗赠汨罗。

杜甫因秋风寄意李白，联想起李白与屈原同命运，因而认为他一定会向后者倾诉冤情。诗中情感深沉强烈，但不是奔腾浩荡、一泻千里，而是千回百转、萦绕心际，展现诗人对友人的关怀和思念。芭蕉诗句虽短，但悲痛之情随亡友坟头秋风的吹动而剧增，抑制不住，失声痛哭，致使亡友的坟茔也随之抖动起来。以秋风致悲情，以悲情致坟茔之抖动，何等浪漫，又是何等深情。

寺中石山白，
秋风更比山石白。[1]

在石山寺，秋风之惨淡，凛冽，萧条，竟在石山之白石的映照下具有苍白的颜色，确有一番"荆溪白石出，天寒红叶稀"和"秋野明，秋风白"的意境。

旅途劳累，浴温泉可解除疲乏。在有马温泉，芭蕉沐浴，咏其功效可比慈童吸菊花之甘露，延年七百。[2]

---

[1] 陆坚又译：石山之石白，比之其白如玉帛，秋风白千百。
[2] 日本作家守屋元泰著有《东阳集》，收《题慈童画》，说慈童受周穆王宠爱，尝误越王枕，越王将其放逐郦县山国。穆王私悯之，临去授之以法语曰："朝朝诵之，可为周身之防。"慈童恐遗忘，将其题之于菊叶，遂有露滴于溪流，慈童饮之，极甘美，久而为仙。

山中浴温泉，

何须沿途采菊花，

汤味沁心间。[1]

温泉为实，菊花为虚。沐浴温泉水中，想象菊花这种气香味美之"却老延龄药"，更有"晚艳出荒篱，冷香著秋衣。忆向山中见，伴蛩石壁里"的偏僻去处，菊花生长之孤寂环境恰好与芭蕉此时孑然一身的孤独处境相一致，故身处汤味里，心沁菊花香。

秋风、白石、菊花、温泉，一路走来，只差月色。抵达敦贺，时值中秋待宵之月。[2] 是夜，月色尤明：

天清皓月光，

游行运来白沙上，

朗照似繁霜。[3]

咏月。以皓月之光喻人浩然之正气。芭蕉仰头望月，寄情古代游行僧填沙沼泽和普度众生之善举。抒发了"今人不见古时月，今月曾经照古人"（李白）的情怀。今月和古月同为一个。古月所照之人已经不在，但皓洁的月光如同圣僧之善举依然照耀着今

---

[1] 陆坚又译：山中胜仙乡，沐浴温泉如药汤，一身菊花香。
[2] 农历八月十四日之月。
[3] 陆坚又译：月色照四方，僧堆白砂似疑霜，圣洁闪清光。

人。在同一片月光之下，诗人咏月缅怀古代圣僧，正表达了他要从尘世中超脱出来的精神追求。

《奥州小道》描写了诗人理想的诗意世界。文中第一人称叙述者"我"并未明确指芭蕉本人，却是芭蕉所向往的终身献给诗歌事业的一个人。其他关键人物要么未予命名，要么采用虚构的名字，体现了全文无中心、无特定视角的特点。故事的重点或高潮随着旅行路线随时出现，但即刻就被下一个所取代，也就是说，每一个"景点"都是中心或高潮，因而构成了一种多中心的无中心性。但旅行者所搜寻的目标基本上是清楚的：西行法师修炼的佛教圣地，平泉古战场的历史遗迹，记叙了在这些圣地遇到的诗人和一些有趣的人，尤其是在佛教圣地经历的精神洗礼。芭蕉似乎说明，他的奥州之旅就是佛门之旅：这在启程之日清晨曾良做出"剃发更衣"并改名为"宗悟"的决定时就已十分清楚了。接下来的一首俳句："潜入岩洞里，北面观瀑布，片刻心澄静，修行在夏初"，则直指佛教从4月16日到7月16日戒斋、诵经、闭门净化灵魂的修行期。旅行者站在瀑布后面，感觉到那水帘纯净的清凉洗净了外界肮脏的尘土。而当他走出光明寺"遥望夏日山"的时候，他才明白旅途之遥远：不仅眼前庙宇周围的山，远处层峦叠嶂的群山都需要他"参拜高齿屐"，以求增进脚力，进而到达目的地，这也是佛教于"夏日山"中的一种修行。我们无须跟随芭蕉进入前述的山、寺、河、岛，就能体会出"奥州小道"之

"内部"或"深处"的双重含义：夏日山的深处和灵魂的深处，因此也是对转瞬即逝的生命的深度沉思。

但这种灵魂之旅是不能孤立地进行的。《奥州小道》中的旅行者也是一位天涯客。他在水上任意地漂流，在陆地上无目的地行走，他的身体"随风飘动"。他一开始就表白自己"浮舟生涯、牵马终老，积日羁旅，漂泊为家"，"心如轻风飘荡之片云，诱发行旅之情思而不能自已"。他命中注定要浪迹天涯，追寻古代圣贤的足迹。他的旅行是跨越时空的旅行，是从现在进入过去、从此地进入另一地的旅行。他要重新审视和重新绘制文化地图。"室八岛"一段用同行曾良的解释暗示了他要打破既定的诗歌传统，不仅利用古典的诗歌联想，而且要实地考察，追寻历史之根，重塑文化丰碑。

诣室八岛。同行之曾良曰："此神称木花之佐久夜毘卖姬，与富士之神相同。传姬入无户之室，起誓，放火，乃生火须势理神。故名室八岛。和歌吟咏八岛之烟，亦此之谓。"又，此地禁食鳏鱼。此类缘起，流传于世。

在此点上，他的游记文学不同于探索未知领域和新世界、追求新知识、新视角和新经验的欧洲游记文学；而颇似中世纪的游记，旨在证实已经存在的文化丰碑，强化文化之根的记忆。这种游记通常访问古代和歌中歌咏过的名胜来再现诗歌传统的文化根源，诗人借此重蹈前辈的足迹，亲历前辈的生活，进而与他们一道诗意地歌颂那片大地的景色。芭蕉便是按照中世纪游记的范式进行这次灵魂之旅：来到白河关，"实感古人之心情也"。"文人雅士，心系情恋。秋风之声犹响耳边，红叶之景若浮眼前"，"仿若踏雪过关之感觉"。芭蕉踏着西行法师和源赖政等先辈的足迹，向"深处"一直追溯到诗歌之根，在那里，他撒下了古代诗歌联想的大网，遍地洁白的溲疏，秋风中飒飒作响的树叶，令人眼花缭乱的野花，最后在从田间传来的插秧歌中体会到了诗歌的真谛。

总之，芭蕉作诗以"枯寂"为基调，以此达到一种"闲寂枯淡而含蓄的意境"。道心很深的人能够从静中发现美，从闲静、贫寒、瘦瘠中发现美。[1] 一只青蛙跳进池塘，击水声不但打破了周围的寂静，也把诗人从凝神静思中唤醒：

寂静古池塘，
蓦地青蛙跃水中，
但闻清水声。

孤寂是一种闲静美，是把废墟和残月、枯花和败柳、寂寞与哀婉作为象征而加以升华的美。这种美表现盛开的鲜花枯落之后留下的余韵，能够凸现诗人欣赏落日余晖时的纤细的哀婉情调，

---

[1] 王长新主编：《日本文学史》，长春，吉林大学出版社，1990年，第148页。

因而常常言有尽而意无穷，含蓄深沉，余味隽永，平易凝重，淡雅清新。

　　日本的俳句诗对英国诗人埃兹拉·庞德影响很大，连带也影响了意象派。然而，在庞德生活于其中的嘈杂喧嚣的20世纪初，你可以看到废墟和残月，枯花和败柳，你可能感到极度孤独和寂寞，凄婉和悲凉，但却很难写出犹如芭蕉俳句的那般美来。

# William Wordsworth

# 威廉·华兹华斯

哈罗德·布鲁姆说:"近两个世纪以来,用英语写作的诗人还没有谁接近华兹华斯的诗力和创新性。"布鲁姆认为,无论惠特曼、狄金森,还是艾略特,无论现代派还是后现代派,威廉·华兹华斯(1770—1850)之后的诗歌都是华兹华斯风格,都没有走出华兹华斯的影子。"在华兹华斯之前,诗歌有主题;华兹华斯之后,诗歌都是主观的。"[1] 这番评论也许真有些"主观"、武断、绝对;但创新,对英国诗歌传统的突破,的确是欣赏和研究华兹华斯诗歌的最好入口。

---

[1] Bloom, Harold(Ed). *William Wordsworth: Bloom's Poets*. New York, Facts and Files, Inc., 1999. Introduction, p.3.

那么，华兹华斯的诗力何在？创新何在？按《抒情歌谣集》（一八一五年版序言）的说法，写诗的能力有五种：第一是按照事物本来的面目准确地观察和描绘的能力；第二是敏锐的感受力；第三是掌握动作、意象、思想和感情之价值的沉思力；第四是想象和幻想，即改变、创造和联想的能力；第五是根据观察的材料塑造人物的虚构能力。[1] 华兹华斯的创新和伟大就在于这五种能力的完美结合，那是一股平静而几近自然的力量，是其稳重的性格与其非凡的情感力、想象力和出众的才华的结合凝练，构成了对事物的一种超凡的感知力。他能够看见别人看不见的事物，能够把诗歌的冲动用于日常经验，把雨后的彩虹和杜鹃的鸣叫从世俗的束缚中解放出来，予其一种承载着"活的灵魂"的诗歌形式，仿佛精神的神秘之光给大地的形状和色彩赋予了新的辉煌，进而由自然而及人类社会，二者的鲜明对比更令人深思，仿佛《写于早春》是对自然界和人类社会的一点感想：

我躺卧在树林之中，

听着融谐的千万声音，

闲适的情绪，愉快的思想，

　却带来了忧心忡忡。

---

[1] 刘若端编：《十九世纪英国诗人论诗》，北京，人民文学出版社，1984年，第36—37页。

大自然把她的美好事物
　　通过我联系人的灵魂，
而我痛心万分，想起了
　　人怎样对待着人。


那边绿荫中的樱草花丛，
　　有长春花在把花圈编织，
我深信每朵花不论大小，
　　都能享受它呼吸的空气。


四围的鸟儿跳了又耍，
　　我不知道它们想些什么，
但它们每个细微的动作，
　　似乎都激起心头的欢乐。


萌芽的嫩枝张臂如扇，
　　捕捉那阵阵的清风，
使我没法不深切地感到，
　　它们也自有欢欣。


如果上天叫我这样相信，
　　如果这是大自然的用心，

难道我没有理由悲叹

人怎样对待着人?[1]（《写于早春》，王佐良译）

在这样的时刻，诗人与周围事物之间进行着一种美妙的交流，使诗人不由得从自然和谐的景观想起人类世界的尔虞我诈、你争我夺，提出了"人怎样对待着人"这样一个令人痛心的问题。从这个问题出发，我们进而又可以问："人又是怎样对待着自然，那融谐着万千声音、美好事物的人类的栖居地？"在万千思绪之中，事物向诗人涌来，诗人向事物扑去，仿佛云之于山巅，雾之于海面。

自然的永恒形式无疑是宇宙的智慧和精神之所在，能够在这样的时刻感悟这智慧和精神的人便与大自然融为一体，诗人自己也就变成了高空中飘游的一朵流云，俯瞰大地上盛开的鲜花：

我好似一朵孤独的流云，
　　高高地飘游在山谷之上，
突然我看见一大片鲜花，
　　是金色的水仙遍地开放，
它们开在湖畔，开在树下，
它们随风嬉舞，随风波荡。

---

[1] 王佐良主编：《英国诗选》，上海，上海译文出版社，1988年，第245—246页。

它们密集如银河的星星,
像群星在闪烁一片晶莹;
它们沿着海湾向前伸展,
通往远方仿佛无穷无尽;
一眼看去就有千朵万朵,
万花摇首舞得多么高兴。

粼粼湖波也在近旁欢跳,
却不如这水仙舞得轻俏;
诗人遇见这快乐的旅伴,
又怎能不感到欣喜雀跃;
我久久凝视——却未领悟
这景象所给我的精神至宝。

后来多少次我郁郁独卧,
感到百无聊赖心灵空漠;
这景象便在脑海中闪现,
多少次安慰过我的寂寞;
我的心又随水仙跳起舞来,
我的心又重新充满了欢乐。[1](《我好似一朵孤独的流云》,顾

---

[1] 王佐良主编:《英国诗选》,上海,上海译文出版社,1988年,第251—252页。

子欣译）

威廉·赫兹里特说,华兹华斯在孤独的沉思中、在每日与自然的交谈中度过了一生。他在田园美景中驻足,直到每一个物体与他的上千种感觉关联起来,直到一连串的思想把外部景色与自己的内心串联起来,直到自然的每一片芬芳都变成了他灵魂中的一丝纤维,直到不断流注的情感经过良久沉思的改变而成为已往一切情感的代表,仿佛五个夏天、五个冬天过后他在丁登寺(实为隐修院或修道院)旁的缅怀:

> 五年过去了,五个夏天,
> 加上长长的五个冬天!
> 我终于又听见这水声,
> 这从高山滚流而下的泉水,
> 带着柔和的内河的潺潺。

诗人张目而望,生命又一次看见那些"陡峭挺拔的山峰","幽静的野地",恨不得把这一切挂在"宁静的高天"。他又一次看见"种满果树的山坡","沉寂的树林里升起了袅袅炊烟",还有树林中那些"无家的流浪者"。当他在城市里感到孤居和喧闹、寂寞和疲惫时,正是这些给了他"甜蜜的感觉""最纯洁的思想""回味起已经忘却的愉快"。

也许这只是一种错觉,
可是啊,多少次在黑暗中,
在各色各样无聊的白天里,
当无益的纷扰和世界的热病
沉重地压在我的心上,
使它不住地狂跳,
多少次在精神上我转向你,
啊,树影婆娑的怀河!
你这穿越树林而流的漫游者,
多少次我的精神转向了你!(《丁登寺旁》节选,王佐良译)

  这就是印象,五年中各种印象的堆积,但不见冗繁。这就是生活,五年中细碎生活的罗列,但没有时间顺序。你不忍心把它切分开,而必须一口气把它读完;甚至诗句也不是行尾停顿的,你必须越入次行或再次行,去捕捉大片的思想、起伏的情绪和复杂的感觉,就仿佛诗人当时当地捕捉大自然的灵光一样。这里没有含蓄厚重的语言,一字一句都像生活本身那样细碎,却清新动听,有韵有形。这里不像哲学那样深邃,一事一物都像日常生活那样细琐,但却同样鞭辟入里,反映了事物的内在生命,且不乏与哲学一样甚或比哲学更加深邃的警句。全诗谈理说情,写景回忆,想象激情,无不在道德真理的表现中达到完美的统一。堪称"华兹华斯最完美的作品之一,也是英国诗歌史上最辉煌的成就之一"。[1]

　　对于《抒情歌谣集》的作者来说，自然是家园，但家园的景色每日都以新奇的目光注视着他：雏菊含情脉脉的目光，杜鹃感人肺腑的鸣唱，岩石上具有生命和存在形式的青苔。它们就像朱雀的窝巢能够唤起童心般的快乐，就像一枝枯萎的荆棘承载着沉重的记忆，也像浸透着风雨的一件旧斗篷勾起他无尽的想象力。"当我一看到天上的彩虹／我的心就跳个不停。"[2] 当他躺在草间，听到布谷鸟双叠的叫声时，他就向丛树、向天空把那"一会儿飘远一会儿近"的"一点神秘、一片啼声"寻访。"为了找到你，我常游荡／在树林和草丛间；／你仍是一份爱，一个希望，／我渴慕你，却永远看不见。"当满身青绿的梅花雀在欢乐的五月里与"鸟儿、蝴蝶和花卉／像恋人在一起欢会"，"我在果园里闲坐，／花儿鸟儿共乐。""我两眼迷离，常受他骗——／把他当作飘动的叶片；／他忽又飞到茅舍檐前／倾吐那泉涌般的歌曲；／当他在丛林里扑着两翅，／像是凭借欢喜的曲调／来轻蔑，来嘲笑／他假装的无声的形体。"当看到麦田里一个孤独女割麦的时候，诗人更不能放过这歌颂家园的大好时机：

---

[1] 译者王佐良先生的评价。王佐良主编：《英国诗选》，上海，上海译文出版社，1988年，第257页注释。
[2] 华兹华斯等：《英国浪漫主义五大家诗选》，李昌陟译，重庆，重庆出版社，2000年。

看她,在田里独自一个,
那个苏格兰高原的少女!
独自在收割,独自在唱歌;
停住吧,或者悄悄走过去!
她独自割麦,又把它捆好,
唱着一支忧郁的曲调;
听啊!整个深邃的谷地
都有这一片歌声在洋溢。

从没有夜莺能够唱出
更美的音调来欢迎结队商,
疲倦了,到一个荫凉的去处
就在阿拉伯沙漠的中央:
杜鹃鸟在春天叫得多动人,
也没有这样子荡人心魂,
尽管它惊破了远海的静悄,
响彻了赫伯里底群岛。

她唱的是什么,可有谁说得清?
哀怨的曲调里也许在流传
古老、不幸、悠久的事情,
还有长远以前的征战;

或者她唱的并不特殊，
只是今日的家常事故？
那些天然的丧忧、哀痛，
有过的，以后还会有的种种？

不管她唱的是什么题目，
她的歌好像会没完没了；
我看见她边唱边干活，
弯着腰，挥动她的镰刀——
我一动也不动，听了很久；
后来，当我上山的时候，
我把歌声还记在心上，
虽然早已听不见声响。(《孤独的割麦女》，卞之琳译)

要想正确地理解华兹华斯的诗，就必须像他那样每日呼吸山间的新鲜空气，对周围事物有一种"第一次"的感觉，用无色彩的语言描绘人的心灵和自然的生命。也就是说，《歌谣集》中的歌用清新的印象、新鲜的意象和深度的思想把日常熟悉的事物变成了色彩斑斓的文学景象；在习俗使之失去光泽的普通事物周围播撒了理想世界的氛围，让几近枯萎的小草重新沐浴了清晨的露珠，让一个农家女哀怨的歌声响彻整个赫伯里底群岛（Hebrides）。这就是华兹华斯创新的才能。而这种创新的基本原理其实很简单：

外部世界与内心世界之间建立的一种慷慨无私的互动,进行一次永不完结的交谈,在这个过程中达到一方之爱与另一方之美的认同。而爱并不是去寻找对象,美也不是情感的直接流露:而是于远离喧嚣的平静中在爱与美之间确立一种相似性。

《歌谣集》的"序言"既是英国浪漫主义的重要文献,也是华兹华斯对自己诗歌的批评,浸透着欧洲启蒙运动的人文主义思想。诗歌的主题是发自内心的激情,是人对自然的朴素的感觉,是现在存在、将来也许永远存在的那些素朴普遍的情怀;诗歌就是要让人的这些激情、感觉和情怀与自然的美和永恒赤裸而朴素地结为一体。诗歌也是诗人与人交谈的方式,他要传达的是生活的快乐、生命的尊严和生命的律动,而实现这一普遍的快乐原则的根本则是爱。诗人之所以能够传达这些快乐、尊严、运动和爱,是因为他比其他人更接近自然,更接近生命的精神,更敬重作为宇宙之根的快乐原则;是因为他按照这个原则去认识、去感觉、去生活、去运动;也因为他是随时随地携带着关爱和保卫人性的斗士。

我通常都选择微贱的田园生活作题材,因为在这种生活里,人们心中主要的热情找着了更好的土壤,能够达到成熟境地,少受一些拘束,并且说出一种更纯朴和有力的语言;因为在这种生活里,我们的各种基本情感共同存在于一种更单纯的状态之下,因此能让我们更确切地对它们加以思考,更有力地把它们表达出来；因为田园生活的各种习俗是从这些基本情感萌芽的，并且由于田园工作的必要性，这些习俗更容易为人了解，更能持久；最后，因为在这种生活里，人们的热情是与自然的美而永久的形式合而为一的。[1]

然而，对华兹华斯来说，最重要的诗力是想象力。想象把诗人带入了最高的快乐境界。通过想象，隐蔽的不可见之物清晰地显现出来；通过想象，自然的美转化成永恒的真理；通过想象，理智的爱会升华为崇高的德性。想象是最绝对的力量，是最清晰的见解，是最广阔的胸怀，是最崇高的理性，但归根结底，想象是不可描述的一种超验的经历，不但不可言表，而且不可理解。诗人必须通过创造性想象进入未知的世界，与承载着情感的记忆相接触，才能理解无限，感知永恒。这种创造性想象不必非得是"强烈情感的自然流露"，而必然是"在平静中回忆起来的情感"。诗人也因此比常人具有更鲜活的感性、更大的热情和温存、对人性的更深刻的认识和一颗更具包容性的灵魂。真正的诗人不是生活的记录员，而是实际生活的参与者。他的情感必须尽可能接近所描写的人的情感；以最大的同情心感受所描写之人的内心生活；以朴素明白的语言实现诗歌的特殊目的，即给人以快感。"诗人唱的歌全人类都跟他合唱，他在真理面前感觉高兴，仿佛真理是

---

[1] 华兹华斯：《抒情歌谣集序言》，载刘若端编：《十九世纪英国诗人论诗》，北京，人民文学出版社，1984年，第5页。

我们看得见的朋友,是我们时刻不离的伴侣。诗是一切知识的菁华,它是整个科学面部上的强烈的表情。……诗人是捍卫人类天性的磐石,是随处都带着友谊和爱情的支持者和保护者。不管地域和气候的差别,不管语言和习俗的不同,不管法律和习惯的各异,不管事物会从人心里悄悄消逝,不管事物会遭到强暴的破坏,诗人总以热情和知识团结着布满全球和包括古今的人类社会的伟大王国。"[1]

---

[1] 华兹华斯:《抒情歌谣集序言》,载刘若端编:《十九世纪英国诗人论诗》,北京,人民文学出版社,1984年,第17页。

# Samuel Taylor Coleridge

# 萨缪尔·泰勒·柯勒律治

华兹华斯身体力行,以他所说的热情聚结着周围的人,以他所说的知识感化着全世界的读者。他的同代人萨缪尔·泰勒·柯勒律治(1772—1834)就是这些被聚结和被感化的人之一,结果成了他的合伙诗人、终生挚友。"在我二十四岁时,有幸结识华兹华斯先生,至今记忆犹新,我将永远不会忘记,当他背诵他的一篇诗稿时,对我的思想所产生的突然的影响。"[1]

华兹华斯与柯勒律治合著《抒情歌谣集》,前者负责的部分是"给日常事物以新奇的魅力,通过唤起人的注意力"而放弃日常生活中习惯的麻木,引导他去观察眼前世界的美丽和惊艳,以

---

[1] 柯勒律治:《文学生涯》,载刘若端编:《十九世纪英国诗人论诗》,北京,人民文学出版社,1984年,第59页。

激起一种类似超自然的感觉。后者负责的部分是"超自然的,或至少是浪漫的人物和性格;然而却为了从我们的内在天性中转移给他们一种人的情趣和一种貌似真实的样子",而实际上却是捕捉到的"想象的影子",宁愿暂时不去相信"那种产生诗的忠诚"。[1]在诗人的超自然想象中,太阳既可以"从左边海面升起,……向右边沉入大海",又可以"从右边升起,……向左边沉入大海"。一只信天翁在冰海上空"穿云破雾"飞来,"接连九晚,云遮雾掩,/它停在帆樯上歇宿;/接连九夜,苍白的淡月/映着苍白的烟雾。"于是"我"拉开弓。神鸟被射死了。妖鸟被射死了。"南风停了,帆蓬瘪了,/阴惨惨,死气沉沉;/我们找话说,无非想冲破/海上难堪的沉闷。"一天又一天,船纹丝不动;到处都是水,一滴也不能入口。

连海也腐烂了!哦,基督!
　这魔境居然显现!
黏滑的爬虫爬进爬出,
　爬满了黏滑的海面。

夜间,四处,成群,飞舞。
　满眼是鬼火磷光;

---

[1] 柯勒律治:《文学生涯》,载刘若端编:《十九世纪英国诗人论诗》,北京,人民文学出版社,1984年,第63页。

海水忽绿、忽蓝、忽白,
　像女巫烧沸的油浆。

有人在梦中得到确息:
　是雾乡雪国的神怪
一路将我们追逼折磨,
　他藏在九寻深海。(杨德豫译)

原来是"我"得罪了雾乡雪国的神怪!于是水手们把死鸟挂在"我"的颈上,取代了十字架。接着一只怪船驶来,两百个水手一个不留。只有"我"和成千上万黏滑的爬虫活了下来。"有七天七夜工夫","我"活在众鬼之间,生不如死。直到"我"看见:

那大片阴影之外,海水里
　有水蛇游来游去:
它们的路径又白又亮堂;
当它们耸身立起,那白光
　便碎作银华雪絮。

水蛇游到了阴影以内,
一条条色彩斑斓:
淡青、油绿,乌黑似羽绒,

波纹里,舒卷自如地游动,

　　游过处金辉闪闪。

这些"美妙的生灵"令"爱的甘泉涌出我心头",使"我动了真情祷祝。/ 我刚一祈祷,胸前的死鸟 / 不待人摘它,它自己 / 便掉了下来,像铅锤一块, / 急匆匆沉入海底。""我"也进入了梦乡。梦中,下雨了。风起了。船动了。死人活了。"魔法终于解除了,我再度 / 望见碧蓝的海洋;/ 我放眼远眺,却再难见到 / 往日的清平气象。""我"杀死了一只良善吉祥之鸟;"我"遭到了报应,而惩罚将永不断。"我"必须向世人讲"我"的故事;"我"必须给世人以忠告:"对人类也爱,对鸟兽也爱,/ 祷告才不是徒劳。/ 对大小生灵爱得越真诚,祷告便越有效;/ 因为上帝爱一切生灵——/ 一切都由他创造。"

这就是脍炙人口的《老水手行》(又译《古舟子咏》),[1] 述写的是一个年迈的水手在杀死了一只信天翁之后所经历的一系列离奇的报应。625 行优美的诗句,宣传的只是一个思想:热爱一切生物,杀生必遭"死中生"的惩罚。诗中除了对自然尽着笔墨外,还充满了因果论的哲学思辨。而一切哲学的教益都深嵌于故事中波谲云诡的奇异氛围。诗中讲的是一个梦境,抑或是与梦境相同的一次经历。经历此梦境之人肩负一个使命,那便是在遭罚的时

---

[1] 柯勒律治:《柯勒律治诗选》,杨德豫译,桂林,广西师范大学出版社,2009 年。

候（无端感到的无比痛苦）必须向世人讲这个故事。所以老水手一看到三个要参加婚礼的宾客时便用目光拦住其中一个（这本身就已经非常阴森诡谲了）。故事讲完,那宾客再也无力参加婚礼了,道德训诫的任务也完成了。

《老水手行》在超自然的叙事、松散的四行诗节和隔行押韵以及词语重复方面模仿了流行歌谣,但在长度、戏剧性和心理深度方面超越了一切歌谣。诗中讲述的故事、所用的形象均来自柯勒律治广泛阅读的传奇和旅行文学。整个故事围绕自然展开,交织着人物对自然的认识和众多叙述者多角度的、蒙太奇式的评价;传统的宗教语境与超自然的原始迷信相并置,而航海旅行的背景又影射了当时英帝国的领土扩张。

《老水手行》是第一版《抒情歌谣集》的首篇,再版时华兹华斯由于其故事的难度和掺杂的古语而将其移至倒数第二篇,放在了他的《丁登寺》之前。《老水手行》经过柯勒律治多次修改,增加了页边注释和导读,但也具有了明显的基督教色彩,最终成为一部集幻觉、心理研究、哲学思考、社会和伦理寓言于一体的顶级之作。柯勒律治对哲学的兴趣来自早年对德国唯心主义哲学的潜心研习。这种哲学认为世界的真理源自主观认知,因此人之所见都是"真理的假象",这些假象有时甚至是药物导致的幻觉。《忽必烈汗》就是以"梦中幻境片断"为副标题的一部未竟的梦幻之作,采用了浪漫主义时期流行的断片形式。虽然篇幅较短,但在内容上与《老水手行》同样丰富,描写了性诱惑、民间传奇、异国情调、政治暴虐、民众起义、艺术至上论、对个体意识的颂扬、自怜的暗示和对先知性天才的推崇,浪漫主义的全部主题尽在其中。

> 忽必烈汗把谕旨颁布:
> 在上都兴建宫苑楼台;
> 圣河阿尔弗流经此处,
> 穿越幽深莫测的洞窟,
> 注入阴沉的大海。
> 于是十里膏腴之地
> 都被高墙、岗楼围起;
> 苑囿鲜妍,有川涧蜿蜒流走,
> 有树木清香飘溢,花萼盛开;
> 苍黯的密林,与青山同样悠久,
> 把阳光映照的绿茵环抱起来。
> 哦!那一道幽壑,深严诡谲,
> 沿碧山迤逦而下,横过松林!
> 蒙昧的荒野!圣洁而又中了邪,
> 恍若有孤身女子现形于昏夜,
> 在残月之下,哭她的鬼魅情人!
> 幽壑里声如鼎沸,喧嚣不已,
> 仿佛是大地急促地喘着粗气,

原来有大股泉水滔滔涌出,
偶有间歇,接着又急急喷吐,
水一冲,石块像冰雹纷纷跳起,
又像连枷捶打下飞迸的谷粒;
从这些蹦跳的乱石中间穿过,
片刻不歇地腾跃着那条圣河。
圣河旋绕,像迷宫曲径一样,
流程五里,越过林地和峡谷,
而后才进抵幽深莫测的洞窟,
终于,喧哗着,投入死寂的海洋。
这片喧哗里,忽必烈宛然听到
祖先悠远的声音——战争的预告!

殿宇楼台的迷离倒影
在粼粼碧波上漂摇荡漾;
在这里可以从容谛听
喷泉、溶洞的融合音响。
这真是穷工极巧,旷代奇观:
冰凌洞府映衬着艳阳宫苑!

我一度神游灵境,瞥见
一少女扬琴在手:

她是个阿比西尼亚女郎,
她吟唱阿玻若山的风光,
用扬琴悠扬伴奏。
但愿那琴声曲意
重现于我的深心,
那么,我就会心醉神迷,
就会以悠长高亢的乐音
凌空造起那琼楼玉殿——
那艳阳宫阙,那冰凌洞府!
凡听见乐曲的都能瞧见;
"留神!留神!"他们会呼唤,
"他长发飘飘,他目光闪闪!
要排成一圈,绕他三度,
要低眉闭目,畏敬而虔诚,
因为他摄取蜜露为生,
并有幸啜饮乐园仙乳。"[1]

诗中景象为诗人在药性发作后的昏昏欲睡中之所见,致使他文思泉涌,作诗不下二三百行,醒来记忆犹新,遂提笔写下,但因有客来访,记忆中断,仅54行尚存。然仅此54行,梦中幻象

---

[1] 柯勒律治:《柯勒律治诗选》,杨德豫译,桂林,广西师范大学出版社,2009年,第104—106页。

已栩栩如生：由上都而圣河，由幽深山窟而肥田沃土，由香花绚丽而雪地松林。在蒙昧的荒野上，孤身女子在残月下悲哭鬼魅情人。接着幽壑里传出鼎沸喧嚣，泉水喷涌而出，石头跳起，流入死寂的海洋，而死寂中，忽必烈汗却听到祖先关于战争的预言。接着，诗人随波逐浪，神游殿堂楼宇，聆听和谐音响，欣赏旷代奇观。遂见一少女，抚琴吟唱，歌声中琼楼洞府再度浮现，而凡听到歌声者都能看见诗人自己，"长发飘飘，目光闪闪"，已有精灵附体，饮过诗仙的蜜露仙乳，因此灵感大发。

如批评家所言，在莎士比亚的《暴风雨》之后，《老水手行》和《忽必烈汗》成了象征主义批评的主战场。根据柯勒律治自己的说法，后世批评家都把《忽必烈汗》视为出于好奇而描述的药物致幻的一个梦境。但当代批评家一般认为该诗描写的是诗歌创作行为，歌颂了想象力圆满完成之后的极乐境界。这两种说法其实并不矛盾，诗人完全可能有意以当时流行的写作方式——断片式——进行了一次精神分析学的尝试。

柯勒律治坦言，正是华兹华斯的诗歌给了他灵感，使他着手探索诗人特有的天才——想象力。他的两卷本《文学生涯》主要致力于想象的定义，"想象"这个术语也从此成为任何充分的"人论"不可或缺的重要因素。

"想象"是一种神奇的综合的力量；这股力量为意志和理解力所推动，把相反的、不调和的性质调和起来："它调和同一的和殊异的、一般的和具体的、概念和形象、个别的和有代表性的、新奇与新鲜之感和陈旧与熟悉的事物、一种不寻常的情绪和一种不寻常的秩序；永远清醒的判断力与始终如一的冷静的一方面，和热忱的与深刻强烈的感情的一方面；并且当它把天然的与人工的混合而使之和谐时，它仍然使艺术从属于自然；使形式从属于内容；使我们对诗人的钦佩从属于我们对诗的感应。"[1] 柯勒律治把想象分为两种，一种是第一位的想象，或原发想象，是人的全部认知活动的生命力和主要执行者。

他在《文学生涯》中谈到，人的生存，即"我在"（I AM）是无限的，但从事永久的创造性活动的人的精神是有限的，这种原发想象在这种创造精神中不断地重复。另一种是第二位的想象，也就是次要想象，在执行认知活动方面与第一位的想象相同，只不过在执行的程度和方式上有所不同；它不是永恒不变的，而是为了再创造而不断融化、分解、消散；它的目的是创造理想的世界，统一的世界；它也具有生命力。

柯勒律治认为诗歌最能反映"思想的深度与活力。从来没有过一位伟大的诗人，而不同时也是一个渊深的哲学家"。[2] 这恰好是对华兹华斯和柯勒律治之合作的生动写照。

如果说华兹华斯的《序曲》是关于自然、人、社会的道德和

---

[1] 柯勒律治:《文学生涯》，载刘若端编:《十九世纪英国诗人论诗》，北京，人民文学出版社，1984年，第69页。
[2] 柯勒律治:《文学生涯》，载刘若端编:《十九世纪英国诗人论诗》，北京，人民文学出版社，1984年，第75页。

哲理诗，那么，柯勒律治的《文学生涯》就是同样宏大的关于人和神的逻各斯研究（Logosophia），致力于证明基督教是一切哲学的关键。如果说华兹华斯在《序曲》中首先再造了他对自然的发现、进而再造了他自己的想象力，那么，柯勒律治就在《文学生涯》中再造了他所发现的华兹华斯的精神力，同时再造了能够区别和描述各种精神力的一种哲学和一种哲学语言。

## Percy Bysshe Shelley

# 珀西·比希·雪莱

经过华兹华斯和柯勒律治的创作实践和理论升华,诗成为了表达火热情感和深邃思想的一种艺术形式。不啻如此,能够熟练运用这种艺术形式的诗人还是"世间未经公认的立法者"。[1] 珀西·比希·雪莱(1792—1822)虽然英年早逝,却用诗歌把短暂的一生装点得辉煌灿烂,在英国群星荟萃的诗坛上,他这颗星照得严肃、照得真诚、照得壮烈。他对教会的叛逆、对暴政的抵制、对理想社会的追求、对社会革命的向往,都表现在诗里。诗是他斗争的武器,也是他生命的根本。在《奥西曼提斯》中,埃及暴君雷米西斯二世的坟墓形状好比狮身人首像,不过像首已落,身

---

[1] 雪莱:《为诗辩护》,载刘若端编:《十九世纪英国诗人论诗》,北京,人民文学出版社,1984年,第160页。

陷泥沙,"但人面依然可畏,/那冷笑,那发号施令的高傲,是见雕匠看透了主人的内心,/才把那石头刻得神情妙肖,而刻像的手和像主的心/早成灰烬。"周围一片废墟,"寂寞平沙空莽莽,/伸向荒凉的四方"。敢问暴君在世,何等威武,何等傲慢,何等辉煌,而今不过平沙一脊,落为脚下物,而其威权和业绩却只能靠艺术流传。在《一八一九年的英国》中,又疯又瞎的国王成为诗人抨击的靶子,而王侯将相也成为世人的笑料。他们不开眼、不动心、不用脑,让人民挨饿遭刀。法律拜金如嗜血;宗教抛弃耶稣和上帝;世间到处掩埋着被砍下的头颅。诗人相信,代替神灵的就是那些被砍的头颅,它们将变成神灵,跳出坟墓,闪"一身光芒,来照耀这暴风雨的时候!"而伴随着暴风雨的,就是那漫卷大地、激荡长空、摇撼大海的"西风":

啊,狂野的西风,你把秋气猛吹,
不露脸便将落叶一扫而空,
犹如法师赶走了群鬼,

赶走那黄绿红黑紫的一群,
那些染上了瘟疫的魔怪——
啊,你让种子长翅腾空,

又落在冰冷的土壤里深埋,

像尸体躺在坟墓,但一朝
你那青色的东风妹妹回来,

为沉睡的大地吹响银号,
驱使羊群般的蓓蕾把大气猛喝,
就吹出遍野嫩色,处处香飘。

狂野的精灵!你吹遍了大地山河,
破坏者,保护者,听吧——听我的歌!

歌中,摧枯拉朽的西风成为"破坏者",把秋风猛吹,落叶横扫;它赶走了群鬼,也赶走了"黄绿红黑紫的一群"。但西风同时也是"保护者",更是建造者。它把种子撒遍大地,待到春风吹来,蓓蕾绽开,"遍地嫩色,处处飘香"。它激荡长空,使乱云飞坠;它摇撼大海,令天海一色。它驱赶雷电,让蓝天披开万丈金发。它高唱挽歌,令原形大墓罩住浑浊的云雾。但是,西风啊,你要听我的歌!虽然你"惊扰了地中海的夏日梦","在清澈的碧水里静躺,听着波浪的催眠曲",在"朦胧里"看见南国"烈日下古老的宫殿和楼台",在倒影中也能看到那遍布墙头的花朵和薜苔。大西洋为你惊骇,为你开道,深潜万丈的琼枝玉树听着你的怒号,闻声色变。可是啊,西风,你还是要听我的歌!

然而,不知为什么,诗人就此突然变调,转向自我,愿化为一片落叶随西风飘腾，愿成为一朵流云伴西风飞行，或变成一个浪头任西风翻滚。而这一切都因为我失去了当年的锐势和冲劲，没有了奔放不羁的童心。因此我不能陪你遨游天穹，而只能祈求你来救急！

> 呵，卷走我吧，像卷落叶，波浪，流云！
> 我跌在人生的刺树上，我血流遍体！
>
> 岁月沉重如铁链，压着的灵魂
> 原本同你一样，高傲，飘逸，不驯。

这些毫不掩饰的迫切与发自灵魂的呼声，最后化作落叶纷纷，秋色斑斑；化作深沉的回响，甜美的苍凉，而这一切都为了"把我的腐朽思想扫出宇宙"，都为了用我的诗韵激发新生，让未泯的炉火再度燃烧，把沉睡的大地唤醒。

> 让我做你的竖琴吧，就同森林一般，
> 纵然我们都落叶纷纷，又有何妨！
> 我们身上的秋色斑斓，
>
> 好给你那狂飙曲添上深沉的回响，
> 甜美而带苍凉。给我你迅猛的劲头！

豪迈的精灵,化成我吧,借你的锋芒,

把我的腐朽思想扫出宇宙,
扫走了枯叶好把新生来激发;
凭着我这诗韵做符咒,

犹如从未灭的炉头吹出火花,
把我的话散布在人群之中!
对那沉睡的大地,拿我的嘴当喇叭,

吹响一个预言!啊,西风,
如果冬天已到,难道春天还用久等?(《西风颂》,王佐良译)

最后一句是预言,也是千古名句。黑暗即将过去,曙光就在前头。冬天来了,春天还会远吗?这就是从一个充满高尚情操的胸怀抒发出来的豪迈壮志,蕴育着智慧,体现着这"立法者"和"天才预言家"的大无畏的创造精神。

西风如是,云雀亦然。雪莱的《致云雀》从某些方面看甚至超过了《西风颂》,甚至连华兹华斯也为之震撼,因为它的的确确以前所未有的卓越唱出了一个时代的强音,"不仅曾将一个时代的脉搏气息、政治风云等不易描绘的东西捕捉准确,模拟工细,而且又能将那几乎属于无限的领域与理想的世界里的微妙景象通过眼前可感知的具体有限的实物而有力地概括和暗示出来"。[1] 诗人在这首看似咏物的诗中融入了时代的政治风云和自我的精神气质。你看那云雀展翅翱翔，抛弃尘世束缚和人间烦恼，自由翻飞在高空，怎不令人羡慕，怎不让人敬仰？

> 向你致敬，欢乐精灵！
> 凡鸟怎能相比——
> 从那高天，从那远处，
> 声声吐放衷曲，
> 泉流似的溢着天籁般的妙艺。

云雀"飞得高而又高"，凌空直上，"宛如天心一朵火云，向那碧霄驰往，"但它和诗人一样，"总是边唱边飞"。歌颂出征时的美好景象：晓日东升前的曙光，伴着紫霭消逝的一颗孤星。虽已消形但仍在天边的那盏熠熠明灯，在"残夜依稀之际"仍在"孤云背后骤亮"，"月溢明辉"，使整个"天宇都清澈荡漾。"诗人藉云雀出发时的黎明表达自己对光明的追求。如译者高建先生释义说："那高空的云雀不是最热爱光明的吗？它总是趁着那尚未开霁的曙光，迎着正在升起的朝阳，冲破云天，穿越晓雾，鼓翼翻飞，振翮高翔，而且愈升愈高，直逼碧霄，不达日边，决不罢休，不

---

[1] 高健：《英诗揽胜》，太原，北岳文艺出版社，2014年，第325页。

到天上，决不止息；一团喜悦，象征着它的急骤驱驰，万道霞光，伴随着它的光亮踪影；惊风飘忽，云汉澹荡，淡淡紫霭，仿佛消失于它的彩翼之旁，支支利镞，恍如发发射自它的歌喉之内。它边唱边飞，边飞边唱，了无窒碍，一片沉酣，它会将那露滴似的晶莹音乐沛降天末，将那流泉般的淙琤妙曲遍洒人间，从而给下界尘寰携来喜悦，携来欣慰，携来温暖。试问它不是光明的使者、幸福的化身又是什么？"[1]

然而，诗人还是无以用语言表达他对云雀的敬慕，无法用语言描绘云雀美妙的歌声：

你是什么？我说不出；
什么才更像你？
彩虹翼边不曾落过
这样晶莹露滴，
当那乐音自你喉中沛降如雨；——

无法直言，却可比兴。那云雀就像隐没在思想光辉之中的诗人，对常常无动于衷的人们深寄同情；"又像楼头名门少女"，用爱情的妙曲"抚慰痛苦芳心"，用逸出的音乐使"兰闺沁满幽馨"；像幽谷中金色的萤火小虫正把"它那灵异色彩"纷纷散布，而自

---

[1] 高健:《英诗揽胜》，太原，北岳文艺出版社，2014年，第326—327页。

己却消失在花草之中;"又像一朵盛开的蔷薇",虽然"花心已被暖风摧折",但那醉人的浓香沁脾,连那载蜜的蜂蝶"也都不胜芬芳"。无论是雨声的清脆,还是雨后复苏的景致,都不如它的音乐甘美。

这用一个接一个的明喻写就的诗句都是颂扬云雀的歌声的。它诚然是天下醉人的乐曲,而背后也许恰恰是隐藏在字里行间的一种悲天悯人的恻隐情怀,也似乎流露出几许匪夷所思:

请告诉我,你的思想
怎竟那么芳醇?
我曾读过不少诗篇
歌咏醇酒妇人,
那里流泉从未这么激越入神。

云雀不仅拥有美丽的歌喉,而且有满腹芳醇的思想:其激越胜过诗篇,其华美胜过婚歌,其雄壮胜过军乐。这一切云雀都隐藏起来了,足见云雀歌中蕴含的崇高情操。可这歌源自何处呢?

是田野?是海波?山岳?
还是平畴高天?
是对同类热爱?是对疾苦漠然?

云雀清白喜悦，不知忧郁；它虽爱着，"却从不解爱烦腻"。它对死亡的理解"比起我们凡人想的／必定百倍深切，／不然你的妙音怎会琮琮倾斜？"这一连串的问题使凡人与云雀咫尺相隔。比起云雀来，凡人同样面对山川、河海、天空和大地。但凡人却不懂爱，因而忧郁；凡人不懂乐，因而常常不快；凡人不懂生死，因而不会唱歌。凡人的过错就在于瞻前顾后，忧虑重重，只看到生活的消极，或只沉浸于对生活的挑剔，即使歌唱也充满悲情，即使吟咏也只悲天悯人，缺乏积极向上。而即使忘掉世间一切烦恼，摆脱一切爱恨情仇，也仍然不如云雀那样欢乐。云雀的歌胜过最美的韵律；云雀的思想胜过万卷书，云雀的翱翔就是终极自由。诗人最后祈求云雀把爱和幸福的技巧传给人类，学会用一颗善感的心去歌唱，去给世人带来欢欣。因此他祈求云雀：

……能多少传授
你心头的欢欣；
我的唇边也必涌出
同样狂热乐音，
正像我爱听你，世人也将乐闻。（高健译）

全诗以丰富的形象、绚丽的色彩、悠扬的韵调和瑰奇的想象渲染了云雀的歌和云雀周围无比明亮的自然界。这就是诗人理想的世界。它是光明的，自由的，幸福的。作为饮者，雪莱喝的不是木碗里的酒，而是清晨草地上的露珠。作为歌者，雪莱唱的不是人间凡曲，而是风云鸟语的天合之音。水令他沉醉；风令他起舞；云雀的歌则令他爆发接近狂怒的喜悦。那喜悦从他唇边涌出，也发乎他的内心，就仿佛每一瞬间都显示自身存在的玫瑰，是自足的，既不多余，也不缺少。他对自然的感悟既是整体的，又是局部的，把广袤的宇宙与博大的胸怀融入一种复杂的和谐之中。一片叶，一滴水，一棵草，都与整个宇宙密切相关，体现着整体的美，因此也体现着能感悟这种美的诗人的灵魂。最终，那沉浸在风与雀之中的灵魂获得了道德的满足，在一种无法用语言存留的境界中升华了。风走了，雀飞了，但那灵魂却在诗人心中荡起的情感和思想的浪花中留了下来，给只为受累而奔波的人们留下了一点优雅和宁静。

# John Keats

# 约翰·济慈

如果说雪莱的《西风颂》和《致云雀》寄寓了诗人对理想世界的无限渴望，因而蕴含着对现实生活的苦难的控诉，"我们最美丽的艳歌浸透哀愁"，那么，在约翰·济慈（1795—1821）的《夜莺颂》中，这种最深沉的痛苦便和最深切的美感结合起来了。美感何来？朝霞令人向往，落日使人舒畅。当一只云雀凌空高翔的时候，是雪莱参与了它的存在，还是它进入了雪莱的生活？当一只麻雀落在济慈的窗前，诗人便去"分享他的生活，和它一起啄食"。[1] 云雀的世界，麻雀的世界，夜莺的世界，都是人的世界，

---

[1] 济慈：《论诗书信选》，载刘若端编：《十九世纪英国诗人论诗》，北京，人民文学出版社，1984年，第167页。

只不过前者是想象的世界，后者是现实的世界。前者充满了音乐、美酒、宁静和令人捉摸不透的朦胧；后者矛盾重重，充满纷扰和病痛，令人焦灼不安，痛苦就像每日饮食以维持生命那样实在。云雀和夜莺的歌声把雪莱和济慈带入了想象的世界；诗人随它们进入高空，进入梦乡，进入最令人神往的美境，但当一声"凄凉"随风飘来的时候，梦便随着想象远走高飞了，剩下的仍然是苦痛的现实世界，于是：

>我的心在痛，困顿和麻木
>刺进了感官，有如饮过毒鸩，
>又像是刚刚把鸦片吞服，
>于是向着列斯忘川下沉：
>并不是我嫉妒你的好运，
>而是你的快乐使我太欢欣——
>因为在林间嘹亮的天地里，
>你啊，轻翅的仙灵，
>你躲进山毛榉的葱绿和荫影，
>你放开了歌喉，歌唱着夏季。

"你"是谁？"我"的心为什么"痛"？不是毒鸩，不是鸦片，而是夜莺的歌声，宛然悦耳，令人飘然欲仙。那么，"你"，就是夜莺，就是用歌声带给"我"好运的"轻翅的仙灵"。诗人虽说不嫉妒夜莺的好运,但它的世界实在是太欢欣。它在林间享受仙踪绿野,夏日和风;它展开轻翅,任意飞行;它放开歌喉,林间嘹亮。这怎能不让人嫉妒?并且嫉妒得几乎饮鸩服毒。然而,诗人并未如此悲苦,他要藉着这梦幻之夜,托莺歌之乐,把心中的悲苦统统忘掉。如要有一口美酒,且是"那冷藏 / 在地下多年的清醇饮料, / 一尝就令人想起绿色之邦, / 想起花神,恋歌,阳光和舞蹈!""我"的心在痛!只有一口冷藏多年的清醇的佳酿,才能令"我"想起绿色田野里的花神,听到恋人们歌唱,想象他们在阳光下徜徉。不啻如此,"我"还需要"充满了鲜红的灵感之泉"的"一杯南国的温暖",杯沿上有时明时灭的珍珠泡沫,"给嘴唇染上"紫霜。它来自大地,吸收阳光;它源出缪斯之泉,给诗人以灵感。夜莺啊,若是一饮此杯,"我"宁愿:

……悄然离开尘寰,
和你同去幽暗的林中隐没:
远远地、远远隐没,让我忘掉
你在树叶间从不知道的一切,
忘记这疲劳、热病和焦躁,
这使人对坐而悲叹的世界;

在这个世界上,青春在苍老,身体在消瘦,灵魂在死亡。几根"瘫痪"的白发"在摇摆";在这个世界上,思想里充满了忧伤,灰色的目光里尽皆绝望；"美"无法保持"明眸的光彩"，"新生的爱情活不到明天"就会凋敝枯黄。

现在，我们知道了诗人为何"心痛"。他满腹心酸，一腔积怨，五车学富，连同这疲劳、热病、焦躁，都来自现实世界，来自需要逃离的凡尘。那里的一切，病痛、疾苦和贫贱，都必须统统忘掉。世界竟是如此悲惨，如此苍白，如此瘫痪，如此不公，只有死亡才能消除"我"的绝望和忧伤。即使美，即使爱情，也无法持续永恒。所以，夜莺啊，"我"愿与你同去。

> 去吧！去吧！我要朝你飞去，
> 不用和酒神坐文豹的车驾。
> 我要展开诗歌的无形羽翼，
> 尽管这头脑已经困顿、疲乏；
> 去了！啊，我已经和你同往！
> 夜这般温柔，月后正登上宝座，
> 周围是侍卫她的一群星星；
> 但这儿却不甚明亮，
> 除了有一线天光，被微风带过
> 葱绿的幽暗，和苔藓的曲径。

"我"来了，展开诗歌无形的翅膀，不顾身心的烦恼和忧伤。"我"来了，凭着诗的力量，和"你"一起登上碧霄，去领略那明媚的阳光，于是，阳光隐入温柔的夜。月亮升起，漫天星光，尽管现实仍"不甚明亮"。然而，与"你"在一起，"我"甚快乐，享受美的无穷韵味，尽管那"葱绿的幽暗，和苔藓的曲径"，逃不脱痛苦的现实生活，仍在周围弥漫，令"我"困惑，让"我"彷徨；使"我"在温馨的幽暗里，难辨脚下的花草，无法品味树上的清香。

……我只能猜想
这个时令该把哪种芬芳
赋予这果树，林莽，和草丛，
这白枳花，和田野的玫瑰，
这绿叶堆中易谢的紫罗兰，
还有五月中旬的娇宠，
这缀满了露酒的麝香蔷薇，
它成了夏夜蚊蚋的嗡营的港湾。

这个百花争艳的世界已经成了蚊蚋"嗡营的港湾"，"我"只能听见它们嗡嗡叫，好比它们在餐食吮吸"我"已死的身体，吞噬"我"已经困顿的灵魂。诗的想象就这样具有了超自然的力量，然而，诗所表现的美也是昙花一现、虚无缥缈的。美是短暂的。敢问世上谁能抗拒衰败和死亡。只有在夜莺动听的歌声中，美才会在"静谧的死亡"中变成永恒。于是：

> 我在黑暗里倾听；啊，多少次
> 我几乎爱上了静谧的死亡，
> 我在诗思里用尽了好的言辞，
> 求他把我的一息散入空茫；

死亡不足惧。死亡充满意义。死亡更是富丽堂皇。如果"我""在午夜里溘然魂离人间"，而"你"正在"倾泻着你的心怀"，那般欣喜若狂，而"我"却听不见"你"的歌声，那么"你"唱给"我"的葬歌也只是"唱给泥草一块"，难以动衷肠。而"你"——

> 永生的鸟啊，你不会死去！
> 饥饿的时代无法将你踩躏；
> 今夜，我偶然听到的歌曲
> 曾使古代的帝王和村夫喜悦。
> 或许这同样的歌也会激荡
> 路得忧郁的心，使她不禁落泪，
> 站在异邦的谷田里想着家；
> 就是这声音常常
> 在失掉了的仙域里引动窗扉：
> 一个美女望着大海险恶的浪花。

夜莺，"你"这不死鸟啊！"你"不死是因为"你"欢乐，"你"唱歌是因为"你"日子充实。饥饿摧残着世世代代的人类，却拿"你"没办法。人类世代更替,被时间吞噬,而"你"的歌声却亘古至今在空中激荡,激励着帝王和村夫对生活无限憧憬,也使流落他乡的女子黯然神伤,而无论路途多么险恶,归家之心从未曾沦丧。此时一声警钟使"我"从幻想中醒来,回到了"脚下"的现实。

> 别了!幻想,这骗人的妖童,
> 不能老耍弄它盛传的伎俩。
> 别了!别了!你怨诉的歌声
> 流过草坪,越过幽静的溪水,
> 溜上山坡;而此时,它正深深
> 埋在附近的峪谷中:
> 噫,这是个幻觉,还是梦寐?
> 那歌声去了:——我是睡?是醒?(查良铮译)

最后,寥寥几笔,匠心独具。诗人与夜莺告别,与夜莺的歌声告别,与欢乐的世界告别。那歌声,那怨诉的叹息,已穿过草坪,越过溪水,爬上山坡,飞向深谷之中。济慈和雪莱一样,当幽暗朦胧的幻觉过后,他们都在问:"死是醒来还是睡着?""这是个幻觉,还是梦寐?/那歌声去了:——我是睡?是醒?"就仿佛庄周在人与自然的浑然一体中,分不清在梦中究竟是人梦蝶还是蝶梦人。人生或许就是这样一场无法分辨主体的梦。

"诗应当是伟大的而不应强加于人,它能深入人的灵魂,以它的内容而不是外表来打动或激动人。"[1]甘于寂寞的花儿是美的;而拥挤着跑到街道上炫耀美的花儿却不是美的。就好像一只安静地放在博物馆里的艺术品,它不像夜莺那样凌空高唱,也不像西风那样横扫大地、天空和海洋。一只希腊古瓮,立在那里静穆地展示着身上被雕刻的人像、树木、笛子和年轻的恋人(《希腊古瓮颂》)。与夜莺不同,古瓮是沉默的。但尤其与夜莺不同的是,它是有形的。如果说夜莺只闻其声、不见其形,那么,古瓮就只见其形、不闻其声。但在诗人的心中,它又是一首冰冷的牧歌,与夜莺具有同样的冷酷的美,同样的狂发的激情,同样的空幻的力量,也同样使人沉溺于超脱于现实的美好的梦。

> 你委身"寂静"的、完美的处子,
> 受过了"沉寂"和"悠久"的抚育,
> 呵,田园的史家,你竟能铺叙
> 一个如花的故事,比诗还瑰丽;
> 在你的形体上,岂非缭绕着
> 古老的传说,以绿叶为其边缘,
> 讲着人,或神!滕比或阿卡迪?
> 呵,是怎样的人,或神!在舞乐前

---

[1] 济慈:《论诗书信选》,载刘若端编:《十九世纪英国诗人论诗》,北京,人民文学出版社,1984年,第175页。

多热烈的追求！少女怎样地躲避！
怎样的风笛和古铙！怎样的狂喜！

　　这不过是一只雕有田园风景的古瓮，但在诗人眼里，却是把抽象的东西人格化的典型；因此，当诗人一看到它，脑海里便马上呈现出一幅活的社会风俗画。虽然它经受过历史"悠久""沉寂"的抚育，但它仍是比诗还瑰丽的一个如花的故事。一看到花边缠绕的绿叶，诗人脑海里便听到了那"古老的传说"，阿卡迪亚的人和神，在风笛古铙的乐声中翩翩起舞的青年男女，还有那纵情的嬉闹、无尽的狂喜。于是，静态的古瓮活了，历史中的艺术在这动态中幻化成艳美的娇娘，因为她嫁给了"沉寂"的历史，永恒的艺术，所以未受强暴，完好无损，与艺术一起成为了永恒。然而，

听见的乐声虽好，但若听不见
却更美；所以，吹吧，柔情的风笛；
不是奏给耳朵听，而是更甜，
它给灵魂奏出无声的乐曲；
树下的美少年呵，你无法中断
你的歌，那树木也落不了叶子；
鲁莽的恋人，你永远、永远吻不上，
虽然够接近了——但不必心酸
她不会老，虽然你不能如愿以偿，

你将永远爱下去,她也永远秀丽!

音乐本来是一种听觉艺术;但诗人认为无声的音乐更美。也许,当诗人看到古瓮上柔情的风笛,他那超然的感受力,他那翱翔的想象力,已经从古瓮的沉默和恬静,穿越阳光和花草,飞越山川和湖海,回到遥远的古代,亲耳聆听了那"给灵魂奏出的无声的乐曲"。永恒的美也给爱美的人带来了无法弥补的遗憾,他永远得不到它,就仿佛瓮上的美少年,他得不到渴望的热吻;就像瓮上的树叶,它被凝固而永远不会落下。但这又恰恰从另一个角度说明了美的永恒:她不会老去,她将永远秀丽;因此,少年的爱也将永存。想到这里,诗人感叹道:

呵,幸福的树木!你的枝叶
不会剥落,从不曾离开春天;
幸福的吹笛人也不会停歇,
他的歌曲永远是那么新鲜;
呵,更为幸福的、幸福的爱!
永远热烈,正等待情人宴飨,
永远热情地心跳,永远年轻;
幸福的是这一切超凡的形态;
它不会使心灵餍足和悲伤,
没有炽热的头脑,焦渴的嘴唇。

这节诗的关键词是"幸福":幸福的树木,幸福的吹笛人,幸福的爱,以及一切幸福的超凡的形态。他们之所以幸福,是因为一旦被铸为永恒,便不会枯萎,不会凋落,不会停歇,不会冷却,因此也不会衰老,不会死亡。就像现代照相术,一旦抓住了美的瞬间,瞬间就会驻足,停留在那永恒的时空之中。然而,正当诗人陷入爱的憧憬和对美的哲思时,他突然发现了一群人:

这些人是谁呵,都去赴祭祀?
这作牺牲的小牛,对天鸣叫,
你要牵它到哪儿,神秘的祭司?
花环缀满着它光滑的身腰。
是从哪个傍河傍海的小镇,
或哪个静静的堡寨的山村,
来了这些人,在这敬神的清早?
呵,小镇,你的街道永远恬静;
再也不可能回来一个灵魂
告诉人你何必是这么寂寥。

原来是一群去作祭祀的村民,神秘的祭司牵着小牛,小牛身上还戴着花环;后面跟着模糊的人群。人群所由之处是傍河傍海的小镇,或是一个静静的山寨。山寨里静悄悄的,一片寂寥,因为小镇的人已经倾巢出动了。这些倾巢出动的人也和上一节中的树木、吹笛人以及一切超凡的形态一样，不会回来了。小镇或山寨将是一个空巢，永远寂寥了。何以如此呢？因为这些人都已经被雕刻在古瓮上，他们在艺术的不朽形式中永垂千古了，成为了希腊的形状，成为了唯美的观照。

> 哦，希腊的形状！唯美的观照！
> 上面缀有石雕的男人和女人，
> 还有林木，和践踏过的青草；
> 沉默的形体呵，你像是"永恒"
> 使人超越思想；呵，冰冷的牧歌！
> 等暮年使这一世代凋落，
> 只有你如旧；在另外的一些
> 忧伤中，你会抚慰后人说：
> "美即是真，真即是美，"这就包括
> 你们所知道，和该知道的一切。（查良铮译）

最后，古瓮上的一切都是希腊的形状，而希腊的形状就是艺术，就是美的观照。这是结论。这是全诗所要表达的终极思想。艺术并不在于古瓮上描写的田园生活，不在于那些无声的美妙音乐，也不在于那些说说笑笑的静态而灵动的男女。那些永恒的沉默的形体是不能用正常的思维方式去思考的，而必须超越实存而进入想象的美的境界。当暮年送走这一代人之后，这些沉默的形体和冰冷的牧歌仍在；它们会把诗人从这些形体中悟出的道理一代一代地传给后人："美即是真，真即是美。"这就是古希腊哲学和古希腊艺术给世界文明留下的瑰宝，也是济慈用他的隽秀诗句"描摹"的真理。

济慈说："如果诗来得不像树上长叶子那么自然，那还不如没有的好。"济慈诗中的景物人貌是那么自然，那么形象，就像太阳一样，"先是照耀着读者，然后肃穆庄然地降落下去，使他沐浴在灿烂的黄昏景色之中"。[1] 现实生活中的一切都是自然的，而自然的又都是真实的。仿佛一只希腊古瓮，仿佛一只高翔的夜莺，仿佛落在窗口的一只麻雀。然而，这种真和美对我们的视觉来说太熟悉了，太司空见惯了，没有想象的力量就没有办法观照到它的美。诗人与哲学家的不同就在于他不去像哲学家那样去追究事物的根由，不刨根问底；因为诗人有一种"消极能力"，使得他安于那些不确定的、神秘的、令人质疑的东西。这是对客观事物的一种被动的接受能力，正因为有了这种能力，诗人才能充分发挥他的想象力。那么，想象力何来？想象力来自于美感，即对美的直观感受，而感受的深浅取决于诗人的文化修养和情感教育。抑或，一首好诗就是对人生的整体把握，"即使是一个谚语若不经过生活的证明对你也不是那么回事"。[2] 然而，人生"犹如浮云，

---

[1] 济慈：《论诗书信选》，载刘若端编：《十九世纪英国诗人论诗》，北京，人民文学出版社，1984年，第177页。

[2] 济慈：《论诗书信选》，载刘若端编：《十九世纪英国诗人论诗》，北京，人民文学出版社，1984年，第188页。

变幻无常。我们欢笑的时候已经在肥沃的明天的土壤上撒下了困苦的种子——我们在欢笑，它也在发芽、生长，一下子就长出一枚毒果，而我们又不能不去搞它"。[1] 我们必须真实地、审美地、诗意地面对现实的丑陋。

---

[1] 济慈:《论诗书信选》，载刘若端编:《十九世纪英国诗人论诗》，北京：人民文学出版社，1984年，第186页。

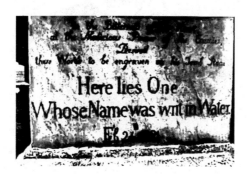

# Александр Сергеевич Пушкин

# 亚历山大·谢尔盖耶维奇·普希金

批评家们几乎用尽了"最"字来评价普希金的《青铜骑士》：普希金的最佳诗篇，俄国语言中的最佳诗篇，19世纪的最佳诗篇，甚至是受到赞誉"最过分"的诗篇。公允一点说，《青铜骑士》是亚历山大·谢尔盖耶维奇·普希金（1799—1837）最重要的一首叙事诗，无论用什么标准来衡量，它都在俄语文学中占有独特的位置，代表了普希金最高的文学成就。

该诗共分三部分。"楔子"叙述了彼得大帝要在俄罗斯北部沼泽地建立一座城市的构想及其实现，其辉煌甚至遮蔽了首都莫斯科。普希金用近80行（中文近100行）的文字赞扬这座城市和彼得大帝取得的辉煌业绩。

那里，在寥廓的海波之旁
他站着，充满了伟大的思想，
向远方凝视。在他前面
河水广阔地奔流；独木船
在波涛上摇荡，凄凉而孤单。

他就是彼得大帝，一个"充满了伟大的思想"、胸怀辽远、踌躇满志的英雄；在诗人眼里，"他一个人就是一整部历史。"尽管如此，他仍然是"皇位上的劳工"，虽然他目极远方，辽阔的海洋带着他的理想任意翱翔，但他仍然是一只"独木船"，"凄凉而孤单"。他看到："在铺满青苔的潮湿的岸沿，/黝黑的茅屋东一处，西一处，/贫苦的芬兰人在那里栖身。/太阳躲进了一片浓雾。/从没有见过阳光的森林/在四周喧哗。"而这里就是他要施展才能、实现宏图大略的起点。他想到：

我们就要从这里威胁瑞典。
在这里就要建立起城堡，
使傲慢的邻邦感到难堪。
大自然在这里设好了窗口，
我们打开它便通向欧洲。
就在海边，我们要站稳脚步。
各国的船帆将要来汇集，

在这新的海程上游历,
而我们将在海空里欢舞。

彼得大帝的理想实现了。一座英雄之城在这里建起了。一座"年轻的城成了北国的明珠和奇迹"。这里原来是低湿的河岸,只有芬兰渔民,他们就像"自然的继子,郁郁寡欢,"形孤影单;而如今这里的海岸充满了生气,有匀称整齐的阁楼和宫殿,成群的大船从世界各地驶入这里的港湾,涅瓦河上披着大理石的外衣,高大的桥梁凌空跨越,河心小岛绿草茵茵,连古老的莫斯科也较之暗淡。诗人禁不住喜悦和敬仰,由衷地倾吐发自内心的爱:

我爱你,彼得兴建的城,
我爱你严肃整齐的面容,
涅瓦河的水流多么庄严,
大理石铺在它的两岸;
我爱你铁栏杆的花纹,
你沉思的没有月光的夜晚,
那透明而又闪耀的幽暗。
常常,我独自坐在屋子里,
不用点灯,写作或读书,
我清楚地看见条条街路
在静静地安睡。我看见

海军部的塔尖多么明亮。
在金光灿烂的天空,当黑夜
还来不及把帷幕拉上,
曙光却已一线接着一线,
让黑夜只停留半个钟点。
我爱你的冷酷的冬天,
你的冰霜和凝结的空气,
多少雪橇奔驰在涅瓦河边,
少女的脸比玫瑰更为艳丽;
还有舞会的笑闹和窃窃私语,
单身汉在深夜的豪饮狂欢,
酒杯冒着泡沫,咝咝地响,
潘趣酒流着蓝色的火焰。
我爱你的战神的操场
青年军人的英武的演习,
步兵和骑兵列阵成行,
单调中另有一种壮丽。
呵,在栉比的行列中,飘扬着
多少碎裂的,胜利的军旗,
还有在战斗中打穿的钢盔,
也给行列带来耀目的光辉。

那么,究竟是谁战胜了敌人?是俄罗斯人?还是由于"涅瓦河冰冻崩裂,蓝色的冰块向大海倾泻",使冰冻的涅瓦河"感到春意,欢声雷动"?然而,恰恰在春意初现的这里,在俄罗斯的这座军事重镇,在这座彼得兴建的英雄之城,一场悲剧发生了。在接下来的第一部分里,诗人描写了这座英雄城市如何面对冬天的恶劣环境,刻画了另一个"英雄"人物欧根,一个刚刚任职两年的小职员,没有高贵的出身,没有显赫的门庭,但有一个心爱的未婚妻巴娜莎,他的梦想不是像彼得大帝那样建立丰功伟业,而仅仅是与未婚妻结婚,过上"简单安恬并不奢华"的生活。且看他心中的盘算决然没有彼得大帝那样勃勃高远:他想到他是"多么微贱和贫寒","必须辛辛苦苦才能期望／一个安定的生活一点荣誉／但愿上帝仁慈多给他／一些金钱和智慧";他想到外面波涛上涨,交通中断,"巴娜莎该怎么办／和她就要两天或三天不见";一想到这儿欧根就痛心疾首,"并且像诗人一样幻想下去":他能结婚吗?他必须日夜操劳,有个安适并不奢华的家,"在那里安置下我的巴娜莎"。再过个一年两载,巴娜莎将管理家务,教育小孩,他们将"生死相共",永不分离。然而,当他带着美梦刚刚合上眼睛,悲剧就发生了。洪水爆发,整个城市被淹没,连沙皇(亚历山大一世)都束手无策。当他那双"忧郁的眼睛"眺望远方,看见那"山峰似的波浪……从汹涌的海底翻腾上来把一切冲掉",当怒号的暴风雨把房屋打碎,在巨浪滔天的海湾,他看见"一棵垂柳一道简陋的篱墙,墙里有破旧的小屋,住着一家母女两人，住着他的巴娜莎"，洪水已把他们冲得无影无踪，这时，他觉得"人生只是一场空，一个春梦，或是上天对我们的嘲弄"。他无能为力，但那青铜骑士却仍然"在那稳固的高空，超然于河水的旋流急浪，背对着欧根以手挥向无际的远方"。

在第二部分，洪水已经撤退，欧根在一位摆渡者的帮助下找到了巴娜莎的家。他"跑过所有熟悉的街巷，去到他熟悉的地方举目四望"，眼前只是一片"可怕的景象……这里一片荒凉，那里一堆破烂，房屋变了形状，有的完全倾圮了，另外一些被洪水搬了地方"。他看见尸体横陈，脑中"一阵昏眩"，"苦难的折磨已使他疲弱"，"不可知的命运……像是密封的信函等他拆开"。他找到了她的家，原来的柳树和篱墙已经被洪水扫光，房子在哪里？他"踱来踱去想了又想"，"突然用手拍着前额"，大笑起来。他疯了。他开始在城里流浪。一天夜里，"雨在淋漓，风吹得非常凄惨"，他看见远处阴暗的"一个岗哨，正远隔着夜雾朝他高呼"。

> 欧根吃了一惊，过去的恐怖
> 重又在眼前浮现。他连忙
> 爬起来到街上流浪，
> 忽然，他站住了睁大眼睛，
> 静静扫视着四周的情景，
> 脸上露着失魂的惊惶。

> 他到了哪里？眼前又是
> 巨厦的石柱和一对石狮，
> 张牙舞爪和活的一样，
> 把守在高大的阶台之上，
> 而笔直的在幽暗的高空，
> 在石栏里面纹丝不动，
> 正是骑着铜马的巨人
> 以手挥向无际的远方。（查良铮译）

　　他觉得过去的恐怖重又浮现，看见"巨厦的石柱"和活灵活现的石狮，把守着高大的台阶，而在笔直幽暗的高空，"在石栏里面纹丝不动的"，正是那骑着马的青铜巨人。这时，他头脑开始清醒起来，"有些思想可怕的分明"，他知道洪水从这里泛滥，贪婪的波浪在这里把他欺凌。而上天正是按着这个人的意志"在海岸上建立了一个城"，引发了这样一场灾难。"这可怜的发疯的欧根……以惶惑的眼睛注视着那统治半个世界的国君"。他突然目光昏暗，心里奔腾着火焰，在铜像面前咬紧牙关，握紧拳头，"全身战栗地低声诅咒"，这就是"你创造的奇迹"！但那巨大的偶像却"把他的脸转向欧根"。他慌忙逃走，整个晚上都听到震耳的马蹄声在后面追赶着他。无论跑到哪里，背后都听到雷鸣，都响起清脆的马蹄声，那青铜骑士都把手挥向高空，紧追着他。最后，人们在一个小岛上，在被暴风雨吞噬的巴娜莎的家门口，发现了他的尸体。

《青铜骑士》的精彩之处在于它的简短与浓缩，是普希金最短的叙事诗，但却含有最复杂的主题。从象征意义上，该诗暗示的是彼得大帝把圣彼得堡作为俄罗斯向欧洲扩张的窗口这一整个侵略思想，以及俄罗斯"西进运动"的悲惨后果。与此相关的是俄罗斯与波兰对峙的问题，尽管普希金关心的是自己祖国的利益而不是令人难堪的国际争端。该诗暗示的第三个政治事件是1825年俄国爆发的十二月党人起义，子弹就在当时的内阁广场（现在的十二月党人广场）上的青铜骑士的眼皮底下射向人群。此外，从寓言的角度还可以读出一些更为敏感的政治问题：如圣彼得堡与莫斯科之间的竞争，普希金本人与尼古拉一世的关系，彼得大帝与当时的当权者之间的比较，最后是贵族与平民之间的斗争。这后一个隐喻实际上是批评家们常常深入思考的一个普遍主题：欧根代表普通人，历史上历次政治运动普通人都是受害者；他不能控制自己的命运；他的最简单的梦想会由于政客的宏图大志而遭到破坏。这里就出现了一个各民族都必须深入思考的问题：如何评价整个国家的政治利益和热爱和平的无辜百姓的利益？国家需要发展和繁荣，但这种发展和繁荣往往是以进步为借口的，而进步则是用千千万万普通人的牺牲换取的。在这些政治和道德主题的光照之下，还有一个更加重要的主题：人与自然的关系。虽然不是明显的生态保护问题，但实际提出的却是人究竟能否"胜天"的问题。彼得大帝和亚历山大一世确实是俄国近代比较出色的沙皇，他们偶尔能够违背自然规律实现自己的意志，但自然最终不会屈服于人类。这就是为什么诗人在"前记"中对彼得大帝的功业和圣彼得堡城大加赞扬之后，急不可待地用"然而"把话题一转，用"一个可怕的时辰"来"惊扰彼得的永恒的梦"：人无法抵御自然力。在这个意义上，该诗的悲剧性不是洪水对巴娜莎等普通百姓的破坏，不是欧根的疯和死，而是"光芒万丈"的"统治着俄罗斯"的沙皇（亚历山大一世）"出现在凉台上，忧郁迷惘"，"不能管辖冥冥中的自然力"。

*Mirza Asadullah Khan Ghalib*

# 米尔扎·阿萨杜拉·汗·迦利布

"我不是歌的放行,也不是音乐紧闭的帐篷;我不过是我自己发出的不和谐音。"这是米尔扎·阿萨杜拉·汗·迦利布(1797—1869)豪放的诗歌宣言。"不和谐音"原文是 shikast(乌尔都语),意为"失败"或"打破",也指"走调的音"。这意味着,诗歌不仅仅是情感的抒发,或音乐的飞扬,也可以是人生失意时发出的"不和谐音",是德勒兹哲学话语中经常出现的"口吃",是诗学中一种解构式的审美和自我肯定。在迦利布,自我肯定就是诗人自身价值的实现,但诗人必须置身于某一信仰或思想传统之中,摆脱精神和心灵的桎梏,寻求心性的一种终极解放。这意味着诗歌并非停留在"情感的自然流露"的层面,而必须像僧侣一样放弃尘世的一切,只寻求诗的感觉和诗的意象,让每一个情绪都自足和完整，让每一个表达都随情绪的完整而发出不同的声音。在诗歌中，这不同的声音就是"不和谐"，就是诗人采取的用以肯定自身价值的否定形式。

诗人为什么要采取这种否定形式？"不和谐音"何来？"在你头发荡起的涟漪的影子下"，诗人眺望远方，"看到那更加黑暗的混乱"，此时，"全部的泰然自若不过是自欺欺人；需要多么疯狂的努力才能保持镇定！"你来了，从内心深处的黑暗，从远方的不安和悲伤。你来了，"我"无法拒绝。那就欢迎你吧！像乞丐匍匐叩头，欢迎你，你这关心悲伤的人，因为"我是悲伤的声音"，是那不和谐的肺腑之音。

可"你"是谁？在另一首诗中，迦利布给出了答案：

来吧，我需要你，唯一的安宁。
我已经过了辩解和挑逗的年龄。


今生：美酒和诗歌之夜。
天堂：一个漫长的宿醉。


泪水蜇着了我的眼睛；我要走了
不然其他客人将会看到我的软弱。


我是另一个，玫瑰今年没有玫瑰；

没有要感知的意义,感知为何物?

迦利布:宿醉救不了你这人
你熟知一切甜蜜过后的滋味。[1]

"你"就是"我"经历了一切"辩解和挑逗"之后,在享受了"美酒和诗歌之夜"之后,所需要的"唯一的安宁","一个漫长的宿醉",极乐的"天堂"。然而,天堂救不了"我",因为"我"太悲伤,泪水冲走了"我"的坚强,没有玫瑰,没有意义,甚至没有感知,泪水冲刷着"我"的软弱,为了不给后来的过客留下这软弱,"我"必须走。因为在一切甜蜜之后——

……我看不到变化的希望。
看不到生活会有什么好的结局。

生活在变,情绪也在变。而且变得突然,让"我"沮丧,令"我"毫无希望。"我"想到了葬礼,想到了那些无法入睡的人们,还

---

[1] Malik Ram, *Mirza Ghalib*, New Delhi: National BookTrust, India, 1968. 文中选诗由陈永国据此书译出。

[2] Saraswati Saran, Mirza Ghalib: *The Poet of Poets*, Delhi: Munshirammanoharlal Publishers Pvt.Ltd, 1976.

[3] *Ghalib: Life, Letters and Ghazals*, in *The Oxford India*, ed. Ralph Russell, Oxford: Oxford University Press, 2003.

有过去那些"爱的灾难"。过去,面对灾难"我"放声大笑,现在,"我"头脑清醒,知道了一切问题的答案;"我"不再尖叫,因为死亡终将来临。面对死亡,

> 你可以叹息,但那需要一生来完成。
> 看不到你的头结展开我们就将死去。
>
> 海头危险,所有的鳄鱼都大张着口。
> 一滴水克服许多困难才能成为珍珠。
>
> 爱需要等待,但欲望却无耐心。
> 心不想等待,它宁愿流血死去。
>
> 我知道你一旦明白了我的心就会答应,
> 但等你全部明白时我或许已变成埃尘。
>
> 太阳升起花瓣上的露珠生命即将结束。
> 你慈祥的眼睛看到我之前我不会变容。
>
> 我们的生命有多久?眨眼是多久?

诗歌集会的温暖就好比一颗火星。[1]

噢，迦利布，生存的悲伤只有死才能医治吗？
烛火中色彩万千，迎来了黎明。

诗中，我们似乎看到了约翰·邓恩的影子，看到他如何试图用那些奇特的隐喻说服爱人，实现爱的宏愿。生命短暂，死亡步步逼近，为什么还要等待？头结未及展开，生命就将逝去。仿佛海滩上一滴水珠，它要经历丛生的险象，避开鳄鱼的大口，才能变成珍珠。它需要等待，需要耐心，需要在干涸之前克服万难。爱可以等待，但欲望不能，心不能。你何时才能明白"我"的心？太阳一旦升起，花瓣上的露珠就将干涸，当你终于明白用慈祥的眼睛望着"我"时，"我"也将容颜变老。生命短暂，转瞬就将逝去。像一滴水，像一珠露，像一眨眼的工夫。然而，死或许不是唯一的出路，诗能点燃"烛火中色彩万千"，迎来黎明，医治心中爱的创伤。

迦利布11岁时就开始写诗，是用波斯语和乌尔都语两种语言写作的最伟大的现代诗人之一。1821年，他写的乌尔都语诗就能结集发表了，但由于诗中波斯诗歌影响甚重，充斥着非现实

---

[1] 指诗人及其朋友们的聚餐会，通常进行到很晚。

的主题和艰涩的文风，尚不具有乌尔都语的可读性。所以，经过20年的修改完善，直到1841年，在朋友们的帮助下，迦利布才首次发表乌尔都语诗集，一举成名，被誉为乌尔都语文学史上的一个里程碑。迦利布的诗是一种独特的对句诗，诗集收入了1100首对句。此后28年，迦利布笔耕不辍，虽然总共不超过1800首，却对乌尔都语言和乌尔都语诗歌产生着深远的影响。

乌尔都语是直接派生于几种印度语言（尤其是Khari语和Haryani语）的一种混合语，其词汇虽大多源自印度语，但其手写体却是穆斯林人带到印度的波斯语体。早期乌尔都语诗歌多采纳波斯语诗歌的三大诗体（对句、伯古诗、玛斯纳维语体）。这种诗体有严格的格律和韵脚要求。在内容上，波斯语诗歌的每一诗行又都是完整独立的，内容主要涉及爱、酒和神秘主义，此外几乎不涉及生活中的任何其他方面。迦利布意识到了这个问题，遂成为反叛这一传统的第一位乌尔都语诗人。他开始写亲身体验过的生活，和生活中的各种问题；他写人、人的信仰和人的内心世界；他写爱、爱的心理反射和爱的外部反应；他写日常生活中的每一个经验和现实，从而给读者带来更大的快乐和更真实的享受，尽管三大主题的影子仍然清晰可见。

对迦利布，今生是"美酒和诗歌之夜"，是闹饮之后的一场宿醉，更是诗人通过"对酒当歌"而在宿醉中从严酷现实的逃逸。所以，为明天的缘故,今天不要克扣我的酒。
吝啬的一小口也让人觉得天堂的丰厚。

或:
为我这颗虚弱的心在这悲伤房里难受。
玫瑰红的葡萄酒的短缺让人难以忍受。

或:
我独自留在渗渗泉;不想绕着天房转。[1]
长袍上的葡萄酒渍已沾满。

  酒能使"我"感到天堂的圆满;酒能医治"我"内心的软弱和悲伤;酒甚至能带"我"离开穆斯林的天房而进入"在梦中就梦见我们已经醒来"的绿野之乡。因为

生命之马驰骋;却不知它在哪儿停。
我们双手未拉缰绳,双脚未登脚镫。

  "未拉缰绳""未登脚镫"的骑手,就好比没有驶进安全港湾的一叶扁舟,在汹涌的浪涛中瞬间即可倾覆。在短暂的生命中,裸座骑手随处都可马翻。所以,

---

[1] 诗人将留在绿洲,不去朝拜者的目的地麦加的天房。

我与事物现实保持距离。
也与极度混乱保持距离。

而保持距离的唯一方法就是"人生得意须尽欢,莫使金樽空对月",即使是残杯剩酒,也聊胜于无。

当男人手握一只酒杯,能量的给与者
他就相信手上的纹路将变成生命之河。

迦利布诗中最常见的情绪是否定,体现为不满、幻灭、焦躁、痛苦、悲伤,进而导致对有太多限制的人生价值的否定。表示这种否定的象征通常是荒野、沙漠、闪电、锁链、伤痕,以及与此相对应的疯狂、沮丧、流泪、叹息、痛哭以及未实现的欲望引起的痛苦和悲伤。然而,这种否定并不是偏执式的,而能自然而然地转化为其他情绪,因为人毕竟要生存下去。"我心里的血还未完全从我眼里流出"。我还有很多工作没有完成,所以,"死神啊,就让我多留一会儿吧",把这些工作完成。

迦利布的宗教情绪并非是发自内心的。他曾经学过苏菲主义,接受了万有单一论,但他的理智、他的自我中心和他对自由的强烈追求使他不能完全接受人主合一论,不能完全沉浸于精神的世界,而只能像宠臣对主子那样轻松地、随便地、礼貌地但从来没有认真地表示虔诚与否,因为对他而言,最重要的就是一颗毫无欲望的心。在他看来,"信教之人总是赞美天堂的花园",而"极乐(却)是丢在忘却床边的一束花"。

  我知道天堂并不存在,可想法
  却是迦利布最喜欢的一个幻想。

  当神给我暗示的时候,信号并不清晰。
  当爱向我表达的时候,有六七种意义。

  一滴水滴进河里,它就是河。
  一个行为端正,它就是未来。

  我的灵魂已满,最好把血液排出。
  问题在于界限;我只有两只眼睛。

  眼睛习惯于买卖旧物
  心则热衷于购买侮辱。

  这就是迦利布的信仰和人生哲学。天堂是他喜欢的幻想,并没有清晰实在的意义;爱情是词语的表达,充满无法辨识的多义;而人一生必须行为端正,仿佛滴水成河,构筑未来。但这未来毕竟太远,"我"的视界又极为有限,甚至辨不明新旧,甚至

"热衷于购买侮辱"。人生如同爱情,每一瞬间都是痛苦的。所爱之人的"眼睫如此清晰以致难以描述她的痛苦",她"眼中滴下的每一滴血"都好比"珊瑚做成的项链",而"我的心伤痕累累,每一道都是一棵燃烧的树"。"我"在生命伊始就看到了死亡,"我"的沉默中已有数千种浸透鲜血的欲望。"我"就像可怜人的坟上燃尽的一支蜡烛。死亡是条线,"串起了散在各处的宇宙之珠"。

迦利布的爱的情怀似乎太理智,以至于他不可能有深入的情感投入。他揣测爱人对待他就像"折射的阳光对待露珠";他怀疑爱人白天里"一定和我恨的男人交过媾,不然你怎么会在我的梦里笑得如此够受"?所以,即使"我"死后,也"要在上天向这些狠心的美人复仇。当然这要看她们的目的地是否是天堂"。他认识到美的力量,有时令他无法抗拒,但他本性是个叛逆者,不可能把自我拱手奉献给所爱之人。在后期诗歌中,爱者和被爱者已经成为一种定式:爱的情绪是非真实的幻觉,被爱者也成为纯粹审美体验的客体,因此爱的欲望也不过是对被爱者的一种审美思考。

昂宿七星整天都躲在一道幕布的背后。[1]
一到夜里她们就改变主意,赤身露体。

---

[1] 英译者用昂宿星团替代乌尔都语中的"北斗七星"。

分离之夜我的眼里流出红色的泪水。
想象我的双眼就是两支燃烧的蜡烛。

你的秀发散落在那个男人的臂膀
他只拥有夜晚、睡眠和安静的心。

迦利布生长于城市,因此自然并不是他诗歌情绪的源泉,而不过是诗歌创作的背景。他也没有去发现自然和人;人本身就是造物主;人本身就是花园和荒野,就是寻求爱情的爱者,是存在与非存在游戏中的当铺,是对现实痛苦的意识,是叛逆者,是被命运的尘埃压垮的造物,是超脱的旁观者,是罪孽,是把世界再度变成混沌的狂人。迦利布赋予人一种新的洞察力,让他洞见人自身和生活的品格,让他以一种应有的激情去冒险、去拒绝、去追求、去厌恶、去微笑,进而再度赢得已经被侵犯的尊严和自由。

这被侵犯的尊严和自由使——

整个世界都陷入了黑暗和堕落
因为她刚刚把美丽的秀发抖落。

我的心如此渴望看到爱人的美脚,
它已经成为令人不安的末日容貌。

为了同一个不忠的人我们一次次死掉。
我们的生命一次次地回归原来的轨道。

我那破碎的心再次发出祈求
问世上的痛苦为何没完没了。

抓紧享受有限的快乐，迦利布。
幕布后面一定隐藏着某种意义。

当西元1857年5月11日这一天到来的时候，

春天，沉醉于血液中，像惊弓之鸟；
年龄，跳入黑暗之中，像无月之夜；
太阳，击打你的头吧，直到你鼻青脸肿；
月亮，伤害你自己吧，直到刺痛年龄的心。

每条街道每条胡同都传来行军队伍的脚步声，震天价响。此后，"没有沾上人之鲜红的鲜血的尘土其实不多了，人的身体几乎与红玫瑰差不多了；似乎每一座花园的每一个角落都被剥去了玫瑰的叶子和果实，成了上百个春天的墓地"，他在日记中这样写道。死神，那洒下燃烧的煤炭、发出旺盛的火焰的死神，终于来了。在死神面前，人们割裂自己的脸庞，烧焦自己的衣服，"夜

晚降落在黑暗的白昼,更黑的黑暗遮盖着大地"。上天变成了尘土,落脚于恐慌中的大地。而

> 每一个带武器的英国士兵
> 现在都是君主,恣意妄为。
>
> 人们不敢冒险在大街上露面
> 恐怖仍然令他们胆寒心灰。
>
> 他们被监禁在自己的监狱里
> 乔克的征服者仍然耀武扬威。
>
> 全城都想喝穆斯林的血
> 每一粒尘埃都于中沉醉。

*Charles Pierre Baudelaire*

# 夏尔·皮埃尔·波德莱尔

夏尔·皮埃尔·波德莱尔（1821—1867）的主要成就是《恶之花》，1857年出版时仅仅是101首诗的小小诗集，一经发表，就像"一只无情的铁手，狠狠地拨动着人们的心弦，令其发出'新的震颤'"，中译者郭宏安先生如是说。作为"一卷奇诗，一部心史，一本血泪之书"，它视"恶"为"花"，"其色艳而冷，其香浓而远，其态俏而诡，其格高而幽。"[1] 它是新与旧的混合：有古典主义的清晰和严谨，有对传统形式的传承和依赖，有浪漫主义的主体品格，又有现代的叛逆精神。其蕴含的恐怖、梦幻、神秘和幻想预示了超现实主义，而其暗示和联想的大胆使用也为象征

---

[1] 波德莱尔：《恶之花》，郭宏安译，桂林，广西师范大学出版社，2002年，第3页。

主义和现代诗铺垫了道路。

波德莱尔最重要的革新是超验的对应：可见世界与隐蔽世界的对应，色彩、声音和气味的对应，而最重要的，是外部现实与内在思想感情的对应。他最大的风格革新是把意象作为诗歌的本质，既要把平凡粗糙的意象用于高度诗意的风格，又能使用肮脏的现实而不予其以诗意的升华。同样具有特性的是音乐性：微妙而具有暗示性的节奏，富于戏剧性效果的独白或对话，以及宏大叙事与几近沉默的谈话语气的结合。善与恶、忧郁与理想、梦幻与现实之间的冲突是贯穿全诗六个部分的主题。[1] 波德莱尔坚信原罪信仰和人的双重性，以自己的亲身经历为原材料，对所处时代的精神问题进行了几近残酷的自我剖析。

在波德莱尔看来，人同时占有着两股冲动——一股向着上帝，另一股向着恶魔。在现实生活中，"是恶魔牵着使我们活动的线！"我们每天都被"腐败恶臭"所吸引，每天都毫无反感、义无反顾地"穿过恶浊的黑夜""向地狱迈进一步"。我们就像"一个贫穷的荡子，亲吻吮吸一个老妓的备受摧残的乳房"，"像万千蠕虫密匝匝挤到一处"，而"胸膛里的死神，就像看不见的河，呻吟着奔出"。那里有谬误、罪孽、吝啬和愚昧，有奸淫、毒药、匕首和火焰，也有豺狼、虎豹、母狗、猴子、蝎子和秃鹫。它们咆哮着、爬行着、叫喊着，而"更丑陋、更凶险、更卑鄙"的却是"无聊"，

---

[1] 1857年版的六个部分是：《忧郁与理想》《巴黎风光》《恶之花》《反抗》《酒》和《死亡》。

它不喊不叫、不张牙舞爪,"却往往把大地化做荒芜不毛",打个哈欠就能把世界吞掉。在《序诗》中他告诫作为诗人之同类和兄弟的"虚伪的读者"也要认识"这爱挑剔的"恶妖。

波德莱尔试图告诉读者,恶魔的冲动既在诗人心中,也在读者心中。人类被罪孽困扰着,而最大的罪孽是"无聊"或"烦恼",是精神的怠惰,心智的瘫痪,我们因之无法实现自己的理想,让恶魔占了上风。然而,诗人就好像是"信天翁",那些懒懒地追寻着伴侣的"海上的飞禽","既笨拙又羞惭"的"青天之王","往日何其健美,今日丑陋可笑"的"云中之君",他也被这妖魔作弄,被两股冲动所控,它敢于"出没于暴风雨中",把弓手嘲弄;而"一旦落地",就被嘘声围紧,其"长羽大翼"反倒令其寸步难行。这是福楼拜极其仰慕的一首诗;诗中的浪漫主题也恰恰是福楼拜所探求的:诗人的孤立,天才的抱负,为抱有敌意的社会所不容的艺术。在被视为象征派宣言的《应和》一诗中,波德莱尔描写了垂直的对应——宇宙中可见物与不可见物之间的对应,水平的对应——现世物品不仅相互感应,而且暗示物背后的感觉、情绪和思想:

  自然是座庙宇,那里活的柱子
  有时说出了模模糊糊的话音;
  人从那里过,穿过象征的森林,
  森林用熟识的目光将他注视。

如同悠长的回声遥遥地汇合
在一个混沌深邃的统一体中
广大浩漫好像黑夜连着光明——
芳香、颜色和声音在互相应和。

有的芳香新鲜若儿童的肌肤，
柔和如双簧管，青翠如绿草场，
——别的则朽腐、浓郁，涵盖了万物。

像无极无限的东西四散飞扬，
如同龙涎香、麝香、安息香、乳香
那样歌唱精神与感觉的激昂。

　　自然和庙宇，人和森林，森林的目光和庙宇的话音；黑夜连着光明，混沌深邃，广大浩漫，味、色、音在这响彻遥遥回声的统一体中相互应和。除了这新鲜的肌肤、柔和的乐音、青绿的色彩，万物则由浓浊的朽腐覆盖着，而在四散飞扬的无限无极之后，仍然有歌唱的精神和感觉的激昂。毋宁说，在传达模模糊糊且又难解之信息的自然界，只有诗人能对宇宙形式、运动、色彩、声音、气味怀有一种"通感"，能感觉"其音响像音乐，色彩在说话，香气诉说着观念的世界"。这种应和在《腐尸》中更是鲜明：夏日温和的清晨与小路碎石上的腐尸；它就像两腿高抬的淫荡的女人，在强烈的阳光下"恬不知耻地敞开臭气熏天的肚子"。大地等待着，天空凝视着，而那腐尸却像花朵一样开放，散发着令你昏厥的臭气，显示出"花"的"恶"来：

> 腐败的肚子上苍蝇嗡嗡聚集
> 黑压压一大群蛆虫
> 爬出来，好像一股黏稠的液体，
> 顺着活的皮囊流动。
> 它们爬上爬下仿佛浪潮阵阵，
> 横冲直撞亮光闪闪；
> 仿佛有一股混沌的气息吹进，
> 这具躯体仍在繁衍。

《腐尸》的主题借自文艺复兴，诗人以纯粹的"波德莱尔手法"描写了伟大艺术对时间和死亡的征服。当"恶之花"繁衍的时候，一阵像水又像风的奇特音乐传来，吹走了形式，留下了"依稀的梦"；而画家则在被遗忘的画布上完成了凭记忆复出的草图。与此同时，一只母狗躲在石后，焦躁不安地望着我们，等待着再去撕咬腐尸上的本来该属于它的那块肉。接着，诗人语气急转，告诫"我眼睛的星辰，我天性的太阳，您，我的天使和激情"，将来也会像这垃圾一样恶臭，"可怖可惊"。这被尊称为"您"的人是谁？被称作"领过临终圣礼之后"的"优美之女王"是谁？她是"我的美人",她也将"步入草底和花下的晨光,在累累白骨间腐朽",被那些蛆"接吻似的(把您)啃噬",虽然爱已经解体,但"我"却能用艺术(诗歌)记住您的形体和本质。我们似乎又看到了邓恩和迦利布的影子,而事实上,对于任何一位想要使爱的欲望圆满的诗人,其最终的诉诸都是永恒的艺术。

在写给他钟情的演员玛丽·多布伦的《遨游》中,这种永恒是以"纯诗"的形式体现的。诗中,他想象与钟爱的"小妹妹"一起"到那边共同生活!尽情地恋爱","在和你相像的邦国"里爱和死。那里,阳光潮湿,天空昏暗,种种的魅力,种种的神秘,都融化在你的"泪珠莹莹"之中。那里,有"被岁月磨圆"的家具,散发着芳香的奇花,琥珀的幽香,有"绚丽的屋顶,深邃的明镜,东方的辉煌灿烂,"也有对着心灵诉说着的"温柔的故乡语言"。那里,流浪的船儿来自天涯海角,"为了满足最小的希冀";西下的太阳用金衣紫裳盖着城市、原野和运河,世界在温暖的光明里进入梦乡。

那里,是整齐和美
豪华,宁静和沉醉。

这个重复了三次的"对句"既表达了他对世界的向往,也是他所希望的那种"纯诗"的典范,就仿佛该诗本身的清晰、明亮和简洁,有亲密的口吻和庄严的态度,有流畅的乐调,也有魔幻般的词语。在悠扬的乐曲中,诗人再一次梦想着回到失去的伊甸园——想象中的荷兰,想与爱人分享他用想象力创造的天堂。

然而,诗与现实是分不开的,对于波德莱尔就尤其如此。爱是善,但我们却生活在恶之中。恶是形形色色的。恶是地狱,因为我们失去了天堂;恶是撒旦,因为上帝已经不在我们身旁;恶是病态,因为我们已经不再健康。然而,"真理之井,既黑且明"。在波德莱尔的"恶的意识"中,人自有因为意识到了恶而不再作恶的尊严,有因精神的解放而得到自救的希望,也有在恶中生活但不被恶吞噬、"用一种批判的眼光正视恶,认识恶,解剖恶,提炼恶之花,从中寻觅摆脱恶的控制的途径"(郭宏安语)。在堪称波德莱尔最佳诗篇的四首《忧郁》诗中,我们看到诗人由于恶的意识而产生的不可排解的被称作"世纪病"的忧郁。

雨月,对着整个城市大发雷霆,
向着邻居墓地里苍白的住户,
从它的罐里倒出如注的阴冷,
又把死亡撒向雾蒙蒙的郊区。

显然,这个被阴雨浇注的城市就是巴黎城;"苍白""阴冷""雾蒙蒙"的污浊天气笼罩着与墓地一般的都城,使人感到了死亡的恐惧。在这样的天气里,我的"瘦而生疮的"猫"在方砖地上寻觅草茎",而已故老诗人的游魂则发出一声"瑟瑟的幽灵的苦语"。这已不是美丽、多情、脚上长着利爪、眼里含有金属和玛瑙的猫,也不是强壮、温柔、迷人、美丽、声音轻柔隐蔽、充满魅力和秘密的"在我脑子里徜徉的"猫。它和老诗人的游魂一起听着"大钟在悲叹",冒烟的木柴"用假嗓子伴随着伤风的钟摆",污浊之中一桌赌局正在进行,还有一个患水肿的老妇"正阴沉地诉说着逝去的爱情"。这是诗人为之忧郁的巴黎——忧郁之一。

忧郁之二转向历史的回忆:千年的回忆如"负债表塞满抽屉",里面有"诗篇、情书、诉状、浪漫歌曲"和"各种收据",可我"愁苦的头脑里"还隐藏着更多的秘密。

这是一座金字塔,巨大的墓穴,
死人比公共墓坑里还要拥挤。

不啻如此,墓地里的长蛆到处爬,"不停地痛噬我最亲密的亡人"。"我"不仅是墓地;"我"还是闺房,里面的家具样式都已过时,连布歇的画也年久失色,苍白哀伤,"散发着打开的香水瓶的气味"。而最令人难以忍受的,是闺房中的烦闷,漫长的白天瘸了腿,团团雪片飘个不停,平添了无边无际的忧愁。从此,有生命的物质就像顽石,"被隐约的恐怖包围,昏睡在雾蒙蒙的撒哈拉腹地";而"被无忧世界抛弃,被地图遗忘"的老斯芬克斯,也只能带着一颗愤世的心,"面对着落日的余晖歌吟"。

忧郁之三是帝王的忧伤：他"富有却无能，年轻却已是老人"。倔强的师傅、狗和宠物、"猎物、鹰隼、阳台前垂死的子民"，滑稽的小丑、饰床的百合花、猥亵的装束，所有这些都不能让他舒展眉头，无法"让这年轻的骷髅绽出笑意"。炼金的学者们无法祛除他身上的腐朽，哪怕罗马人的血浴"也不能温暖这迟钝的臭皮囊"，因为他身上无血，只"流淌着忘川之绿汤"。

忧郁之四公认为是波德莱尔的最佳"忧郁诗"："境界幽邃，风格混成"；"沉而不浮，郁而不薄"。他用令人惊异的视觉形象把心状外化，用一系列毫不相干的形象表达恐惧、痛苦和绝望。

当低沉的天空如大盖般压住
被长久的厌倦折磨着的精神；
当环抱着的天际向我们射出
比夜还要愁惨的黑色的黎明；

当大地变成一间潮湿的牢房，
在那里啊，希望如蝙蝠般飞去，
冲着墙壁鼓动着胆怯的翅膀，
又把脑袋向朽坏的屋顶撞击；

当密麻麻的雨丝向四面伸展，
模仿着大牢里的铁栅的形状，

一大群无言的蜘蛛污秽不堪，
爬过来在我们的头脑里结网。

这三节诗都是"时间"状语，为第四节和第五节中的"事件"提供时间背景，也即三种不同的语境：天空低垂，压住大地，黎明比黑夜还要黑暗，而精神则承受着厌倦的压抑；接着，大地变成了潮湿的牢房，囚徒就像蝙蝠一样撞击墙壁和屋顶，毫无逃逸的希望；终于，雨来了，条条雨丝就仿佛牢狱的铁窗，肮脏的蜘蛛爬进我们脑中织网。此时，诗人笔锋突转，从牢房、蝙蝠、蜘蛛的从静到动的视觉形象突然转向了轰鸣大作的听觉形象：

几口大钟一下子疯狂地跳起，
朝着空中迸发出可怕的尖叫，
就仿佛是一群游魂无家可依，
突然发出一阵阵执拗的哀号。

——送葬的长列，无鼓声也无音乐，
在我的灵魂里缓缓行进，希望
被打败，在哭泣，而暴虐的焦灼
在我低垂的头顶把黑旗插上。

暴跳如雷的大钟似乎发起反抗，向长空发出阵阵恐怖的咆哮，游魂野鬼也开始放声哀号。"我"想象着长长的送葬队缓缓行进，没有鼓声，没有音乐，只有哭声，只有低下的头。希望被打败了，焦灼插上了胜利的黑旗。

……………

让-保尔·萨特在《波德莱尔》一书的结尾长篇引用了波德莱尔在《浪漫派的艺术》中说的一段话：

正是这种对于美得令人赞叹的、永生不死的本能使我们把人间及人间诸事看作是上天的一览，看作是上天的应和。人生所揭示出来的对于彼岸的一切永不满足的渴望最生动地证明了我们的不朽。正是由于诗，同时也通过诗，由于音乐，同时也通过音乐，灵魂窥见了坟墓后面的光辉；一首美妙的诗使人热泪盈眶，这眼泪并非极度快乐的证据，而是表明了一种发怒的忧郁，一种精神的请求，一种在不完美之中流徙的天性，它想立即在地上获得被揭示出来的天堂。因此，诗的本质不过是，也仅仅是对一种最高的美的向往，这种本质表现在热情之中，表现在对灵魂的占据之中，这种热情是完全独立于激情的，是一种心灵的迷醉，也是完全独立于真实的，是理性的材料。因为激情是一种自然之物，甚至过于自然，不能不给纯粹美的领域带来一种刺人的、不和谐的色调；它也太亲切，太猛烈，不能不败坏居住在诗的超自然领域中的纯粹的愿望、动人的忧郁和高贵的绝望。[1]

萨特认为这段话集中体现了波德莱尔的全部。我们从中再次看到了诗人对一种太丰饶的自然的恐惧，他那未得到满足的趣味和那些刺痛感官的快乐，以及对彼岸的向往。然而，如果对彼岸的向往、对现实的不满和要超越真实世界的尝试在他的作品中无处不在，那是因为他所悲叹的恰恰是匮乏的现实，他所要超越的就是他周围的世界，而他所恐惧的也恰恰是他要抛下地上的宝藏而升天的想法，而这些他不愿抛弃的地上宝藏又正是他所鄙视的。简单说，他的不满不是对彼岸的向往，而是要澄明此岸的一种特殊方式。

---

[1] 波德莱尔：《浪漫派的艺术》，郭宏安译，上海，上海译文出版社，2013年，第117页。

# Walt Whitman

# 沃尔特·惠特曼

艾略特注意到波德莱尔的《恶之花》是在沃尔特·惠特曼（1819—1892）的《草叶集》面世两年之后问世的，并问道：试问有哪个时代能生产出更多的如此相异的花和草来？他认为，对于惠特曼，真实与理想之间并不存在着令波德莱尔毛骨悚然的那条鸿沟，反过来，这条鸿沟也没有蒙住惠特曼的慧眼，致使他把真实的美国变成了深邃耀眼的理想。在惠特曼眼里，《草叶集》不过是一次语言实验。语言不是学者们的抽象建构，而是产生于人类自诞生以来就从事的劳动、需要、快乐、斗争和欲望。词并非约定俗成，而是人类事件和习惯也即民俗的产物。使用词就是使用物。词就是物。词闪耀着物的光彩，散发出力量和美的芬芳，因此也携带着他的感官所实际经验过的那些实际的物：岩石、房屋、钢铁、火车、橡树、松树、敏锐的眼睛、多毛的胸脯、得州的巡逻队、波士顿的卡车司机、唤醒一个男人的女人、唤醒一个女人的男人……

沃尔特·惠特曼用一生的时间写了一本书,但它又不是书,"谁接触这本书谁就接触了一个人",谁就是在致力于清点那些光荣岁月里一个民族的伟大精神和英雄业绩。惠特曼11岁辍学,当过勤杂员、徒工、印刷工。17岁"北漂"作教师,辗转于乡村小学之间。20岁时他从乡村回到城市,为几家报纸和杂志做编辑和专栏作家,成了"曼哈屯的儿子"[即曼哈顿];此后又成为流浪者,轻松地走在宽敞的大路上,自由无束,整个世界都在他眼前展开:火车、汽车、轮船;平原、山川、泥泞的密西西比;湖区、瀑布、哈德逊河;亲耳聆听着"在歌唱"的美国。

我听见美国在歌唱,我听见各种各样的歌,

那些机械工人的歌,每个人都唱着他那理所当然地快乐而又雄伟的歌,

木匠一面衡量着他的木板或房梁,一面唱着他的歌,

泥水匠在准备开始工作或离开工作的时候唱着他的歌,

船夫在他的船上唱着属于他的歌,舱面水手在汽船甲板上唱歌,

鞋匠坐在他的凳子上唱歌,做帽子的人站着唱歌,

伐木者的砍,牵引耕畜的孩子在早晨、午休或日落时走在路

上唱的歌，

母亲或年轻的妻子在工作时，或者姑娘在缝纫或洗衣裳时甜美地唱着的歌，

每个人都唱着属于他或她而不属于任何其他人的歌，

白天唱着属于白天的歌——晚上这一群体格健壮、友好相处的年轻小伙子，

就放开嗓子唱起他们那雄伟而又悦耳的歌。[1]

1848年他回到布鲁克林，重操新闻业，但也唱起了"自己的歌"，扮起了"木匠基督"的角色。

我赞美我自己，歌唱我自己，
我承担的你也将承担，
因为属于我的每一个原子也同样属于你。

我闲步，还邀请了我的灵魂，
我俯身悠然观察着一片夏日的草叶。

1855年7月4日，《草叶集》第一版问世，"一位美国的吟游诗人终于诞生了！""沃尔特·惠特曼，一个宇宙，曼哈顿的儿

---

[1] 惠特曼：《草叶集》，楚图南、李野光译，北京，人民文学出版社，1978年。

子,粗暴,肥壮,多欲,吃着,喝着,生殖着,不是一个感伤主义者,不高高站在男人和女人的上面,或远离他们,不谦逊也不放肆。"粗犷、豪放、热情;吃饭、喝酒、生育。他衣着随便,面目黝黑,满脸胡须;他体格健壮,身板笔直,声音洪亮;他给年老和年轻的慷慨种族带来了希望和未来。他懂得,"大自然和国家的广大如果没有一种渊博和大度的公民精神与之相适应,那就显得荒谬了。"而对于美利坚合众国来说,最好最突出的不是行政和立法,不是大使和作家,也不是高校、教堂或客厅,而是普通人民。"他们的礼貌、言谈、衣着、友谊","多姿多彩而散漫不羁的风度","对自由的毫不松懈的执着","对任何不雅或软弱卑鄙的东西的反感","对新事物的好奇心和欢迎","他们的自尊心和惊人的同情心","他们的言语的流利","他们对音乐的爱好","他们那温良的性情和慷慨",都"等待着与它相称的大手笔来充分描写"。他在1855年的序言中如是说。导师爱默生在致辞中祝贺他"在开始一桩伟大的事业","我擦了擦眼睛,想看看这道阳光是不是一个幻觉;但白纸黑字摆在我面前,它是千真万确的呢。它有最大的优点,那就是能够加强信念和鼓舞人心"。(楚图南、李野光,第1162、1203页)梭罗也同样发现了这位布鲁克林的诗歌天才。但《草叶集》第一版销售甚微。然而,惠特曼并没有像烧掉自己作品的法国同仁惠蒂埃那样烧掉1855年版的《草叶集》,而是要"赞美我自己,歌唱我自己",不仅歌唱灵魂,也歌唱肉体:

我是肉体的诗人，也是灵魂的诗人，
我感受到天堂的快乐，也感觉到地狱的痛苦，
我使快乐在我身上生根并使之增大，我把痛苦译成一种新的语言。

我是男人的诗人，也是女人的诗人，
我说女人也同男人一样的伟大，
我说再没有什么能比人的母亲更为伟大。

"我"不与拥挤的牧师、教授、市议员或国会议员为伍，而与海湾里的船员为伴，与渔船上渔夫并肩，在百老汇公共汽车里与司机同行，在乡间露地上与漫步者共享田园。"我不单是善的诗人，我也并不拒绝作一个恶的诗人。"没有理由怀疑惠特曼这种波西米亚式的感性的真诚。正当惠特曼要像波西米亚人一样流浪下去的时候，标志着美国南北分裂的第一枪在萨姆特堡打响了（1861年4月12日），枪声传到了纽约。42岁的惠特曼决定南下，参加摧毁奴隶制的伟大斗争。美国内战不但是美国民族的转折点，也是惠特曼创作生涯的里程碑。新的目的和热情重新燃起了几乎熄灭的想象之火。目睹的战争场面汇集成了1865年的《桴鼓集》。"敲呀！敲呀！鼓啊！——吹呀！号啊！吹呀！透过窗子，——透过门户，——如同凶猛的暴力"。"敲呀！敲呀！鼓啊！——吹呀！号啊！吹呀！越过城市的道路，压过大街上车轮的

响声"。

> 敲呀！敲呀！鼓啊！——吹呀！号啊！吹呀！
> 不要谈判——不要因别人劝告而终止，
> 不理那怯懦者，不理那哭泣着的或祈求的人，
> 不理年老人对年青人的恳求，
> 让人们听不见孩子的呼声，听不见母亲的哀求，
> 甚至使担架要摇醒那躺着等候装车的死者，
> 啊，可怕的鼓，你就这样猛烈地震响吧，——
> 你军号就这样高声地吹。

然而，就在新的时代"从深不可测的海洋升起"的时候，就在战鼓猛猛地擂、军号高声地吹、闪电的光辉照耀着民主的进程的时候，"当紫丁香最近在园中开放的时候，那颗硕大的星星在西方的夜空陨落了"——林肯总统被暗杀了。这又激发了朗费罗可能也会奋笔疾书的《啊，船长，我的船长！》的书写。

> 啊，船长，我的船长哟！
> 我们可怕的航程已经终了，
> 我们的船渡过了每一个难关，
> 我们追求的锦标已经得到，
> 港口就在前面，

我已经听见钟声,听见了人们的欢呼,

千万双眼睛在望着我们的船,

它坚定、威严而且勇敢,

只是,啊,心哟!心哟!心哟!

啊,鲜红的血滴,

就在那甲板上,我的船长躺下了,

他已浑身冰凉,停止了呼吸。

啊,船长,我的船长哟!

起来听听这钟声,

起来吧,

——旌旗正为你招展,——号角为你长鸣,

为你,人们准备了无数的花束和花环,

——为你,人群挤满了海岸,

为你,这晃动着的群众在欢呼,

转动着他们殷切的面孔:

这里,船长,亲爱的父亲哟!

让你的头枕着我的手臂吧!

在甲板上,这真是一场梦——

你已经浑身冰凉,停止了呼吸。

我的船长不回答我的话,

他的嘴唇惨白而僵硬，
我的父亲，不感觉到我的手臂，
他已没有脉搏，也没有了生命，
我们的船已经安全地下锚了，
它的航程已经终了，
从可怕的旅程归来，
这胜利的船，目的已经达到；
啊，欢呼吧，海岸，鸣响吧，钟声！
只是我以悲痛的步履，
漫步在甲板上，那里我的船长躺着，
他已经浑身冰凉，停止了呼吸。

此后，船长的英雄形象始终伴随着他："在我的西北海岸，在深夜中，一群渔夫站着瞭望，在他们面前的湖上，别的渔夫们在叉着鲑鱼，一只朦胧暗影的小船，横越过漆黑的水面，在船首带着一只熊熊的火炬。"在《法兰西之星》中，这颗星被描写成"一艘长期率领着舰队的骄傲的船"，是"我的灵魂及其最珍贵的希望的象征，斗争与无畏的、捍卫自由的义愤的象征"，它是"被袭击的阴沉的星"，"被叛徒出卖了的星"，"受挫的星"！但它要"继续航行"，当它再生的时候，高悬在欧罗巴上空的时候，它又将是"美丽辉煌的星，在神圣的和平中更加清辉皎皎，定将不朽地照耀。"这只"向印度航行的船"，向比印度更远的地方航行的船，讲述着"许多个船长的斗争,许多个丧命的水手的故事",在完成了环绕世界的航行之后,"在那些伟大的船长和工程师完成了他们的工程之后,在那些杰出的发明家、科学家、化学家、地质学家、人种学家之后,最后一定会出现无愧于自己称号的诗人,上帝的忠诚儿子一定会唱着自己的歌向我们走近"。那时,这只船会"坚定地进入港口,在经历了长期的冒险之后,衰老而疲惫,饱经风浪的袭击,因多次战斗而破损,原来的风帆都不见了,置换了,或几经修理,最后,我仅仅看到那船的美"。

惠特曼旺盛的创造力和全新的想象力持续到1873年,那一年,他54岁,却经历了一生中最大的不幸:母亲逝世,他自己中风瘫痪。一个饱经风霜、备受折磨的老人被抛在了远离家乡的蛮荒的海岸。但是,他的余生并未如此度过。他靠坚强的毅力不但使自己恢复了健康,足以维持生活,而且还在公众面前,尤其在大学校园里,树立起了满面胡须的哲人形象。更为重要的是,1879年,惠特曼访问了西部边疆,那一片辽阔无垠的荒野再次激发了他的想象力,释放了他与生俱来的野性狂放的精神,正是这种精神构成了他诗歌的生命力。而生命力和想象力的每一次焕发,都意味着他的诗集的又一次增补。《草叶集》自1855年第一版到1891—1892年的"病榻版"已历经8次再版。当72岁逝世的时候,惠特曼写完了这本书,也应该对他圆满的一生感到满足了,毕竟,他如愿以偿,把这本书留给了这个需要它的世界。死亡是他在诗中加以戏剧化描写的一部分,正如死亡也是他生命中的一个重要组成部分一样。

  至于你呢,"死亡",还有苦苦揪住人终有一死的你啊,你休想使我惊慌。
…………
  至于你呢,尸体,我认为你是很好的肥料,但这并不使我犯恶心,
  我闻到白玫瑰的气味香甜而且它们还在成长,
  我伸手去抚摸那叶子般的嘴唇,我伸手去碰那甜瓜的光滑胸脯。

  至于你呢,"生命",我算计你是许多个死亡留下的残余,
  (无疑我自己以前已死过一万次。)
…………
  我像空气一样走了,我对着那正在逃跑的太阳摇晃着我的绺绺白发,
  我把我的肉体融化在漩涡中,让它漂浮在花边状的裂缝中。

  我把自己交付给秽土,让它在我心爱的草丛中成长,

> 如果你又需要我,请在你的靴子底下寻找我。

慷慨、豪放、富于个性,这就是惠特曼其人。惠特曼的诗也同样,他是文学史上把自由诗发挥到极致的第一人。冗长而不受格律限制的诗行恰到好处地表达了惠特曼带入美国诗歌中的民主和自由精神,既告别了过去的旧诗体,同时又在音韵、头韵、重复、倒叙、排比等修辞手法的运用上维护了传统。但无论在形式上还是在内容上,惠特曼诗歌的个性都是鲜明的。《草叶集》开篇的几首"铭言"充当了诗集的"序曲",为读者提供了全书的主题、意象、思想和态度。"我歌唱自己"是全书的核心主题;接着诗人循序向读者表明诗集的意图——服务于美国的新世界史诗,它与过去、现在和未来的关系,诗中的主要意象大海等。在《始于长岛》的小传过后,《我自己的歌》《亚当的子孙》和《芦笛集》构成了全书的主体,也即反映新世界个性的主体。这个新的主体将在从《桴鼓集》到《秋之溪水》中接受战争的考验,经历民族的危难,伴随着隆隆的鼓声进入民主的政治主题。随着诗人年事的增长和身体状况的变化,生与死的问题便成为后来一些诗篇的重要主题,包括《神圣死亡的低语》《睡眠者》和《临行前的歌》等。按照这样一条线索,我们可以清楚地看到《草叶集》从新世界人的诞生,中经民主之阵痛,再到生死之路,恰好构成了一个循环,而诗的篇幅的长短和数量也随着年龄的增长而递减。

《草叶集》中出现最多的意象当然是草:单纯的一片草叶(第

一版中每一首诗的标题、诗集的每一页都含有草的意象）。英文的 leaf（leaves）一词基本有三个意思：草叶、树叶和书页。惠特曼意在含混：草叶、树叶与诗集中每一页纸都集中在这个简单的词中。但就惠特曼自己的诗歌联想论来看，叶子的象征意义在于"孤叶不成草""独木不成林"，即个人与民众相结合的民主概念。诗集中另一个几乎贯穿始终的重要意象是大海以及与大海相关的河流、湖泊和池塘。在大海上掌舵的船长、漂泊的水手和旅行者都向往陆地，感觉潮汐潮落的无尽运动。"海流"系列中的"漂流"一词就已经暗示了惠特曼对死亡的严肃思考：从海上向岸边的漂流不但意味着生命的海洋的结束，也意味着生命的开始，因为陆地既是航海的终点，也是起点，因此，对惠特曼来说，生即死，死即生；而海洋和陆地的结合则是灵魂与肉体、精神与物质、生与死的结合。

惠特曼的语言是一种实验性的民间语言；惠特曼的智慧是成熟的民间智慧；惠特曼的诗歌是熔化美国各民族语言和文化的坩埚。然而，如叶芝所说，

"如果沃尔特·惠特曼过着一种与现实格格不入的生活，意欲证明他的全部情感都是健康理智的，把实践性理智置于不合其意的一切之上，那么，高呼'三十岁时身体依然健康'的口号就会把他变成嘲讽的蛊惑人心的政客，那么，想到他就会让人想起梭罗是怎样捡起一个没有牙的猪下巴，但仍然会在日记中记下那

毫无瑕疵的健康。他充满自信，因此也会迫使别人去相信。由于没有与现实格格不入，他用与生俱来的身体（他对人群、随便的爱和情感、全部的人类经验的兴趣）来清理矛盾情感中的理智……被现已是非自觉的那种面具所萦绕和追逐，创造了模糊的半文盲之人的一种形象，他的全部思想和冲动都来自民主的友谊，来自学校、大学和公共讨论。抽象诞生了，但它依然是一个群体的抽象，一个传统的抽象；融合开始了，但不是与对某一被观察的事实的逻辑推理，而是与个体的或群体的全部或某些经验的融合：'我有了这样一种情感。我有了这样一种信仰。情感之后呢？信仰之后呢？'……惠特曼为他所为之感动的一切或他所看到的一切编目，以期更具诗意。经验包容一切……冲动或本能一开始就是一切。虽然现在尚未荡涤目录和范畴，但目录和范畴终将会被荡涤，而剩下的只有恐惧。"[1]

---

[1][2] M.Jimmie Killingsworth, *The Cambridge Introduction to Walt Whitman*, Cambridge: Cambridge University Press, 2007.

[3] Walt Whitman, *Leavesof Grass* (ed. Sculley Bradley, Harold W. Bloodgett, New York: W. W. Norton& Company Inc., 1973.

[4] Ezra Greenspan (ed.) *The Cambridge Companion to Walt Whitman*, Cambridge: Cambridge University Press, 1995.

[5] James E. Miller, Jr.*Walt Whitman (Updated Edition)*, Boston: Twayne Publishers: G. K.Hall & Co., 1990.

# Emily Dickinson

# 艾米莉·狄金森

狄金森一家非比寻常,而狄金森家的女儿艾米莉·狄金森(1830—1886)则是奇葩中之奇葩,是美国麻省阿姆赫斯特小镇的"神话",也是"在宇宙中潜伏着人生"的典型"个性"。她曾在父亲去世后连续15年没出家门(只有一次还是在月光下"微服")。她独处但不孤僻。她不与人交往但心地善良。她勤奋写作但不炫耀自己的才华。她有独立精神但并非无视同时代的作家。她外表娴静而内心里隐藏着"宁静的激情"。她似乎远离生活但对生活却有着非比常人的深刻洞察。她经历了一次爱的悲伤,但悲伤并没有抹去她对人和自然的大爱。狄金森写诗是为了"自救"。她思想的独立伴随着对自己能力的自信:

晚些时候——我在夏天拥有一席之地时——
不过——我将带来一首更加完美的乐曲——
晚祷——比晨祷更甜美——先生
早晨——只是中午的种子——（250）[1]

她以这种自信超越了以前的和同时代的诗人，在"对20世纪英美诗歌尤其是现代主义诗歌的影响"上，她超过了惠特曼。[2]

对狄金森来说，诗歌是上帝抛给人类的一块面包，人人有份，她起码能分到一粒面包屑，而即使是一粒面包屑，她也能成为诗之女王。狄金森很早就从父亲的图书中读到了《圣经》里的《诗篇》《赞美诗》和灵歌，这是"邻家的木桶"里面装着的他们唯一拥有的一种诗歌。狄金森要用她农庄里"足够她自己用的产品"来充实"邻家的木桶"，丰富他们的感性和整个人类的生活。她认为人生本质上是悲惨的；人背负的担子是沉重的，因此，她要用自己的诗来减缓世人的痛苦，鼓励他们向上；她感到有责任用使自己澄明的诗为他人启蒙，让柏拉图的"影子世界"里的"囚徒"摆脱枷锁，获得足以维持生存的智慧。写诗是她的最终选择；而诗的美至少应该符合她自己订立的标准。对她来说，诗人就是一切：

---

[1] 狄金森：《狄金森诗选》，蒲隆译，上海，上海译文出版社，2010年。
[2] 狄金森：《我知道他存在·狄金森诗选》，屠岸、章燕译，北京，中央编译出版社，2013年。

> 诗人，照我计算，
> 该列第一，然后，太阳，
> 然后，夏季，然后，上帝的天堂——
> 这就是全部名单。
> 可是往回看，那第一
> 似乎已经包括全体——
> 其余的，再不必出现。
> 于是我写：诗人——一切。
> ……[1]

诗不仅名列第一，还包括其他一切——太阳、夏季和上帝的天堂。仅有诗就足够了。因为在诗的旁边，是"我的心"："诗，我的心，和所有的田野／所有萋青的草地"。"诗，我的心，还有三叶草里／那所有的蜜蜂"。诗是"我写给世界的一封信"。她要在这永远得不到回音的信中"铺一片草原"，草原上只"需要一株三叶草和一只蜜蜂／一株三叶草，一只蜜蜂，／还有幻想。／仅仅幻想也足够了，／如果蜜蜂很少"。有谁能够细心地看到蜜蜂在三叶草丛中"吸吮出琼浆美酒"？"有谁能够摘下迷惘的云翳，欣喜地解释这销魂的美丽"？有谁"能够找到一泓清泉"，让"溪

---

[1] 狄金森：《宁静的激情·狄金森诗歌书信选》，张芸译，广州，花城出版社，2014年。

涧从那里纵横地流出"？只有诗人。只有诗人能用她明察秋毫的几近疯狂的最神圣的感觉看到草地，看到群山，看到另一片海域里的广袤的沙洲，把"我"的寂寞照耀得更加荒凉的太阳，以及一朵长在极轴茎上的小小的北极花。或许还有

一幅远山变幻的风景；
一片洒满农庄的泰雅式光明；
一次黎明壮阔的日出；
一个草坪上深色的日暮；
一印朱砂红的足迹；
一根斜坡上绛紫的手指；
一只窗玻璃上轻率的苍蝇；
一匹忙碌工作的蜘蛛；
一声雄鸡傲慢的脚步；
一支遍地可寻的花朵；
一阵灌木林中斧头的厉声嘶响；
一缕幽径上羊齿草的芳香。[1]

"这些，还有我不能说出的许多，/你所熟悉的窥探的目光/和尼克丹姆的秘密，/都听见它们一年一度的回音"。自然之于季

---

[1] 狄金森：《宁静的激情·狄金森诗歌书信选》，张芸译，广州，花城出版社，2014年。

节,就如同蜜蜂之于三叶草:蜜蜂从不在意蜂蜜的家谱,而只知道三叶草自古就是贵族。而"自然是我们见到的一切","是名叫天堂的地方";"自然是我们听到的一切","是和谐的音响":

> 自然,我们早已认识
> 却没有词汇描述;
> 我们的智慧如此苍白,
> 无力诠释她的天真淳朴。[1]

在狄金森眼里,三月"穿着绛紫的鞋子,伟岸而又崭新",所以她要把门闩紧,不让"一年中最残酷的"四月进门;六月是"很旧、很旧的冒牌的外套","一个蓝色和金色的错误",却也是"创世纪"的月份;九月"是所有科目的总和——/ 蟋蟀、青鸟、回忆 / 还有伪饰的清风"。

> 这,便是我农庄的产品
> 足够自己使用,
> 时常还有一些剩余
> 可以装满邻家的木桶。

---

[1] 狄金森:《我知道他存在·狄金森诗选》,屠岸、章燕译,北京,中央编译出版社,2013年。

对于我们，四季都是收获——

当田野刚刚铺上寒霜

我们又将农历倒转

将耕地取回屋中。[1]

然而，狄金森对自然的热爱却没有抵消她对人生的悲观。人生或许是"从空白到空白"的"一条空无迹象的路径"，而"天堂——如果在世间找它不见，/ 在天上也同样无处可寻"。"一百年以后，再没有人 / 会知道那个地方——/ 折磨人的痛苦，/ 也将平和地归于沉寂。"她对痛苦的认识是辩证的，因为每一个极乐的时刻，我们都必须为之付出极度的痛苦。"痛苦，如同天堂 / 若要使它神圣 / 必须奉献肉体的牺牲——/ 正如山顶壮观的美景 / 不属于在山腰 / 奋力攀登的人，/ 而属于登上巅顶的勇者——/ 一切的代价，是所有的一切。"幸福的代价是痛苦的磨炼，是奋力的抗争，或是耐心的等待。抑或，一个人的幸福是用别的生命的痛苦换来的。她只需凝望窗外，看着一只猫如何给老鼠"缓刑"，如何收回它的爪和牙，戏弄够了，再把它捣成肉泥。

这不是一下子就全部发生——

而是筹划好了的谋杀——

---

[1] 狄金森：《我知道他存在·狄金森诗选》，屠岸、章燕译，北京，中央编译出版社，2013年。

扑上去——然后再给一次机会——
这样才真的有乐趣——

猫给老鼠判了缓刑
她把牙齿放松
让它有足够的时间产生希望——
然后再把它捣成肉酱——

死——是生的奖赏——
即使一次——也强似
半死不活——然后从头再来
为的是让意识消亡。[1]

　　动物、人类、生存、战争无不体现适者生存的逻辑，无不体现希望导致失望的辩证法则，无不使人联想到叔本华的悲观思想：我们神秘的生存中只有痛苦和虚荣。因为，在浩渺的宇宙中，人的生存不过是惊涛骇浪中的一叶扁舟：

这是一艘小小的——小小的船
摇晃着驶下海湾！

---

[1] 狄金森:《我知道他存在·狄金森诗选》，屠岸、章燕译，北京，中央编译出版社，2013年。

这是一片宽敞——辽阔的海
将小船召唤。

这是一阵贪婪的，贪婪的巨浪
沿着海岸将它吞卷——
庄严的航行从不会猜到——
已经迷失了，我的小船！[1]

人一生中都像大海里的一只小船一样，在努力追求一种无目的的现实，而这只不过是意志的一种痛苦追求，它推动一双机械的脚，或停、或死、或进，都无足轻重。生命始于"血的流动"，终于血的"干涸"。从一个深渊里出来，再进入那同一个深渊，这就是生命的过程。生命短暂——

还未开始，就已经结束——
题目没来得及说出，
序言已在知觉中死去，
故事，不能再披露。

如果，我能书写？

---

[1] 狄金森：《我知道他存在·狄金森诗选》，屠岸、章燕译，北京，中央编译出版社，2013年。

如果，你能阅读？

可我们没有这个权利，

上帝，有一道禁令。[1]

狄金森一生中都在努力打破这道禁令，试图用书写和阅读摆脱命运的操控。28岁时，她写道："把这样一份祭品，/献给某某先生，/生命之网编织了/殉难者的相簿"！36岁时，她又写道："我们手中的柳枝，/噢，那海市蜃楼/当生命的急流穿过/我们停下脚步准备再次跳入"。生命是深渊，生命是湍急的河流，对生命的反思使她认识到"对生的奖赏——就是死亡"。海市蜃楼不是真正的绿洲；黄铁矿石并非真正的黄金。死才是生的真正目的。然而，在死之前，还有爱情！"爱情先于生命，/后于死亡，/是创造的开始，/呼吸的宣讲"。如果说在狄金森的人生哲学中，有一种东西是不死的，那就是爱情。

被爱的人无法死亡

因为爱是永生，

不，它是神明——

胸怀爱的人无法——死亡

---

[1] 狄金森：《我知道他存在·狄金森诗选》，屠岸、章燕译，北京，中央编译出版社，2013年。

因为爱改造生命

使之获得神性。[1]

爱之所以"不朽",是因为爱脱离了物质性,脱离了瞬间性,成为了永恒。"等一个小时——太长——/ 如果爱在彼岸——/ 等待永恒——太短——/ 如果爱是最终的奖赏"。爱情如同生命一样,"一开始便已完结"。爱是瞬间的,是瞬间的永恒;但爱的价值却超过一切其他物质加在一起的价值,甚至用来描写爱的语言也具有深层的美,甚至用来象征爱的意象也具有特殊的美,因此也赋予爱以最高的价值:"爱——你那样深——/ 我无法超越你——"。如果把爱、不朽、永恒和最高价值串联起来,不难看出狄金森意在说明"爱即上帝,上帝即爱"这一基督教的神学原理。"我将始终满怀着爱——/ 我向你表明 / 爱即是生命——/ 而生命获得永恒——"。爱不是一种应景的情感,不是一时的冲动,也不是可以被后续的爱所替代的。爱是人的本性;是对死亡的否定,是生命的复活,是不朽的保证。爱是人生的一个方面,因此也具有人生的含混性:有收获和悲伤,有幸福和头痛,有希望和失望。"对爱的考验——是死亡——"。离家出门,告别亲友,这种离别中都含有回归的希望,而一旦所爱之人死去,对爱的考验才真正开始。朝代可以更替,堡垒可以修复,"只有死亡,不能调整"。生活的

---

[1] 狄金森:《我知道他存在·狄金森诗选》,屠岸、章燕译,北京,中央编译出版社,2013年。

垃圾可以着色，季节可以循环，而"死亡——本身就是——例外/不可改变"。对待死亡的这种态度是狄金森著名的"固定忧郁"，归根结底也是狄金森的生命哲学：死亡是生命的终极归宿，在这个过渡性的世界上没有"永生"：

那就告别吧——永远——
永远——在五月之前——
永远就是非永远——
除非对那些濒死之人。[1]

而那些濒死之人很少需求，"一杯清水就已足够，/一朵花谦虚的面容/摇曳着点缀在墙头"，这是因为他们知道死后去往哪里：他们去往上帝的右手，那是权威和荣耀的所在，而权威和荣耀是颁发给上帝选中之人的，是皈依者终日期盼的信仰的奖赏。然而，这已经是不可能的了，因为"那只手已经被砍掉，上帝也不见了踪影——"。到头来，人生不过是"那短暂的——潜在的扰动/每人只能制造一次——/如此热烈的喧闹/几乎就是结局"。

19世纪美国著名的思想家、文学家、诗人爱默生是当时美国超验主义运动的主要代表。如果说，爱默生在他的作品中描写了每一个人性中的全部人性，或每一个人的经验中的全体人的经验，

---

[1] 狄金森：《我知道他存在·狄金森诗选》，屠岸、章燕译，北京，中央编译出版社，2013年。

并以此证明我们的全部确定性知识都取决于直觉,取决于原始本能,或取决于对这种直觉或本能的绝对肯定,那么,对于狄金森所生活于其中的孤独的荒野美国来说,"我们私下的剧院就是我们自己"。然而,在哲理诗的传统中,狄金森的诗由于在宗教上绷紧了信仰的张力,徘徊于怀疑与接受的斗争之间,因而也就更具真实性、更有说服力。她的最佳诗篇展示了她对善恶之对立的最痛苦、最残酷的认识。如果说狄金森对人之善恶的认识和理解与同时代的小说家赫尔曼·麦尔维尔一样敏锐,那么,狄金森的生活戏剧就始终是个人的、抒情的、想象的。当走过了"死者走过的距离"时,她"带着慈和的目光"回望时间,望着"颤抖的太阳"使出浑身解数轻柔地"沉落下人类天性的西方"。[1]

---

[1] 狄金森:《我知道他存在·狄金森诗选》,屠岸、章燕译,北京,中央编译出版社,2013年。

Wild nights – Wild nights!
Were I with thee
Wild nights – should be
Our luxury!

Futile – the Winds –
To a Heart in port –
Done with the Compass –
Done with the Chart!

Rowing in Eden –
Ah, the Sea!
Might I but moor –
Tonight –
In thee!

*Ruben Dario*

# 鲁文·达里奥

"啊,可怜的公主长一口玫瑰色的嘴,/她多希望是一只燕子或蝴蝶,/在蓝天下舒展轻盈的翅膀,/登着明亮的光的阶梯飞向太阳,/用五月的诗篇迎接每一只百合,/或随风飘入汹涌澎湃的海洋"。这是一位心碎的公主在无助之时表达的愿望,它发自出生于尼加拉瓜的一位西班牙语现代主义歌手,也发自人类的灵魂深处。鲁文·达里奥(1867—1916)的语气、用词、不同层面的语言运用以及他的诗所获得的共鸣,都证明他是西班牙语文学史上最伟大的抒情诗人之一。但他歌颂的不是公主;他歌颂的是天鹅:

奥林匹斯山雪白的天鹅

嘴巴像红玛瑙一样鲜艳，
炫耀着纯洁的短翅
向太阳展开无瑕的羽扇。

像一只七弦琴的手臂，
像希腊古坛的提手一般，
憨态可掬的脖子
使人想起理想的航船。
天鹅具有神圣的血缘，
它的亲吻越过彩绸似的农田
升到勒达可爱的
玫瑰色的山巅。[1]

这些天鹅是卡斯塔利亚泉洁白的国王，是金发的洛亨格林王子，戴着金羊毛骑士勋章，与亚麻的花朵和白玫瑰的花蕾一样洁白，是专为圣诞选出的羔羊。他们是"国土上的神仙，身披着芬芳、貂皮、绸缎、梦和黎明的光线"，因此他恳请伯爵夫人，"请将天鹅爱恋"！从前的天鹅只为死亡而歌，而瓦格纳的天鹅则为复活而歌。在人类的狂风暴雨中，天鹅在啼鸣，"啊，天鹅！啊，神鸟！你这永恒的公主"从"美丽"中诞生，"在你洁白的翅膀下，

---

[1] 达里奥：《鲁文·达里奥诗选》，赵振江译，石家庄，河北教育出版社，2003年。

新的诗神在和谐与光明的福地 / 正在将象征着理想的纯洁永恒的海伦孕育"。而"我",诗人,"将用我自己的渴望 / 连接你曾经拥抱勒达的翅膀","将用双唇吮吸羞怯对我的阻碍, / 并咬住重重的疑虑和激情"。而你"甜蜜的胸中那颗玫瑰似的心脏 / 将和它不停的热血一起跳动在我的胸膛"。

然而,诗人歌颂天鹅却不仅仅为了赞美;他也常常责问天鹅:

你用弯弯的脖子在作什么符号,啊,天鹅,
当你像痛苦的梦想家四处游荡?
你洁白而又美丽,为什么不声不响,
对湖水肆意践踏,对鲜花冷若冰霜?

当他质问代表着"美国,未来的侵略者"的罗斯福,"你以为生活就是火光熊熊, / 进步就是爆炸声声, / 你以为自己的子弹打到哪里 / 就能决定哪里的进程"的时候,他也要求天鹅用"清新翅膀的羽扇, / 将最纯洁的爱抚献给苍白的前额",用"你们洁白如画的形象 / 使阴暗的思想从我们痛苦的头脑中解脱"。当"西班牙美洲如同整个西班牙一样 / 将它倒霉的命运固定在东方"的时候,他向天鹅提出了一连串尖锐的问题:

难道我们向残暴的蛮族屈膝?
难道我们如此多的人都要讲英语?

难道已经没有崇高的贵族和勇敢的骑士？
难道我们保持沉默为了将来痛哭流涕？

这便是诗人向天鹅发出的呐喊，"因为你们在醒悟中表现忠诚，/同时我感到美洲幼马的逃遁/也听到衰老的狮子暮年的犇声……"。这就是一个诗人的嗅觉；这就是一个诗人"用双唇吮吸羞怯"后而发出的重重疑虑和激情。他希望他能一时间拥有天鹅洁白的翅膀，同时又希望拥有天鹅胸中爱的激情：因为

爱将是幸福的，因为它将使伟大的潘[1]
窥伺着的欢乐不停地激荡
当它的旋律将宝石的源泉隐藏。

他警告罗斯福，西班牙的诗人还在歌唱！哥伦布芬芳的美洲、西班牙美洲还活着！"那在暴风雨中颤抖、以爱情为生命的美洲还在呼吸"！所以，"罗斯福，即便是以上帝的名义，/你也必须同时成为凶猛的猎人和可怕的射手"，否则你就无法征服这个古老的民族。但是可惜呀，"你们无所不有，就是没有上帝"！

只要世界在呼吸，只要星球在运转，

---

[1] 潘（Pan），即潘神，又称牧神。希腊神话中司羊群和牧羊人的神。

只要热情的声波在培育一个梦境,
只要有一种高尚的坚持,一种活跃的激情,
一种不可能的寻觅,一种不可能建立的丰功,
只要存在着一个有待寻找的美洲,西班牙将永生!

西班牙最可奉为宝贵的是诗人:阿那克里翁、奥维德、克维多、邦维尔,他们歌唱爱情和快乐,歌唱健康和科学;他们也在酒杯里斟满朱庇特的酒,唱着没有伴奏的神圣的和谐之歌。甚至蜜蜂也在西梅托山上酿造诗歌神奇的蜜汁,用爽朗的笑声和葡萄酒的芬芳写出"人类的散文"。在这篇伟大的散文中,我们听到"一只诗鸟在嗉囊中反刍自己的诗句;/一只多嘴而又自负的麻雀唠叨不停;/攀援植物在谈论政治;/玫瑰与百合,在谈论艺术与爱情"。在这篇伟大的散文中,生命、光明和真理结成三位一体,"将内心无限的火焰点燃",让纯洁的艺术像基督一样呼喊,而"我纯洁的心灵"将变成星星,化作泉水,用"文学的恐怖/和黄昏与黎明的疯狂",像"水在叙说泉的心灵"时那样发出"清澈流淌的声响"。在这篇伟大的散文中,诗人/散文家写苦闷的民族和悲伤的人类;写在乌云笼罩下进入梦乡、憧憬死亡的下等人和流浪者;写害怕孤独、口渴找不到水、饥饿找不到面包而只靠幻想过活的移民;写在大草原上受难、生来就是奴隶和挨饿、永远逃离仇恨之火的梦游者;写在沙皇雪域里获救的俄罗斯农民,潘帕斯草原上仪表粗犷的犹太人,埃米里亚和罗马乡村的农人,利古

里亚人，那不勒斯人，意大利的子孙后代，多姿多彩的西班牙人，结实坚定的加西利亚人，为自由歌唱的瑞士人，在蓝天中遐想的法兰西人，匈奴人和哥特人，和地球上所有的公民。"自由土地上自由的人们,/让你们骄傲的颂歌激荡"！诗人要以诗歌的名义，以自由的名义，歌颂俊美的女子，茁壮的娇娘；歌颂战功显赫的国王，或业绩辉煌的雄鹰，或狂飙中美洲英雄的身影。诗人要以永恒的赞美、崇高的夸张和有节奏的天性将一切歌颂！诗人要"从音乐的心灵中掏出诗句"，将嘹亮的歌声和富有生命力的光芒洒在"一个个光荣杰出的花环上"，献给"缔造了青铜和大理石的历史"的祖先。

不啻如此。达里奥还歌颂爱欲和宗教、社会和元诗歌、神秘主义和存在哲学。用词之准、形象之美和意蕴之深，都说明他不仅是位诗人，而且是一个真正的人，有生活、有思想、有感情、有诗意的人。"词应该描绘一个声音的色彩，一颗星的气味；词应该捕捉事物的灵魂"。这是他的文学宣言。1890年，他发表《蓝》（*Azul*），宣告了西班牙现代主义的正式诞生。《蓝》是一部诗文合集，其超凡的节奏、闪光的词语、肉欲的感性和傲慢的态度，当时令一些读者愤怒，也令一些读者着迷，但其革命性和预见性时至今日仍然是一个历史奇迹。它歌颂爱情、女人和爱欲，歌颂天性的爱、本能的爱和无望的爱。他让"春"向人们发出季节的邀请：

蔷薇的花季,我的诗行
迂回前进,来到辽阔的森林,
花儿含苞待放,
我的诗采集着蜜与芬芳。

大森林是爱的殿堂,那里荡漾着爱情的神秘的幽香。鸟儿向你致意,树木垂下碧绿的枝条,你的秀发在阳光下随风飘荡。在大好的春光里,诗人用颤抖的双唇,讲述着关于仙女、玫瑰或星星的故事:在那边的岩洞里,喷出一条清澈的小溪,溪水里一位洁白的仙女在嬉戏,赤身裸体伴随着浪花的笑声,用希腊美丽的语言赞颂着古老光荣的过去。在这边,潺潺的溪水上,蜜蜂结对成群,蜻蜓炫耀着透明的翅膀,蝉在歌唱,而太阳则透过茂密的叶缝洒下一道道金光。你看,鸟巢里雌雄成双:"雄鸟有乌黑的羽毛,雌鸟有洁白的胸膛"。那动人的啼鸣、颤动的翅膀、相互碰撞的尖尖的嘴巴,好像情人在亲吻。

啊,诗人啊!鸟巢就是颂歌,
鸟儿在孵化乐章;
在将宇宙
诗琴的琴弦拨响。

此时此刻,那只精美的双耳古瓮,里面那喀斯的佳酿,还有高贵俊美的狄安娜，躺在阿多尼斯身旁的维纳斯，我都不要。"我只要畅饮爱情，在你的樱唇上"。

　　冬天里，夜风四处漫游，"扇动冻僵的翅膀"。雪花飘落，山峰直插蓝天。室外，"车轮滚动，汽灯照明"。室内，快乐的琴声伴随着瑟瑟抖动的被冻僵的手指。"我带着辉煌的憧憬和思念之情，守在壁炉旁"，在木柴的噼啪作响声中，"我"怀着无限的渴望、痴迷的梦想，思念着蓝色的夜：

　　乳白色的灯光
　　从平静的房间溢出
　　在一片沉寂中流淌。
　　室内，爱情在燃烧，
　　室外，夜色冰凉。

　　"冬天是酒仙"，古老的木桶随着阵阵寒风"喷出葡萄的血浆"。"冬天是媒人"，用它自己的背囊带来"冰冷的白雪，/迷人的爱情/和美好的琼浆"。这琼浆使血液燃烧，使心灵欢畅，使疯狂的诗人写出光彩夺目、耀眼金黄的十四行。在朦朦醉意中，诗人想象"我甜蜜的爱人/紧紧地依偎着我的臂膀，/她的慧眼向我投来神圣的光芒，/她花朵般的芬芳给我神圣的力量"！这次，

　　乳白色的灯光

在卧室内流淌；

只听得

喘息，笑声，回响；

亲吻的声音，

我凯旋的乐章，

身旁黑色的炉膛

火星四溅，烧得正旺。

室内，爱情在燃烧，

室外，夜色冰凉。

爱给人类的是一种向往，一种追求，一种凝视。诗人仰望金星，那是爱的女神，是美的象征，但也是痛苦之源。"对于我热恋的灵魂，她就像一位东方的女王／期盼着自己的情侣，在自己的卧房，／要么就像漫游在深邃的天空，光彩照人，得意洋洋，斜倚在人们抬着的轿子上"。而我的灵魂则"要脱壳而去亲吻你火热的双唇，飞向你的身旁，／在苍白的光芒洒向你前额的光环里飘荡"，"爱神啊，你从深渊中将我眺望，用惆怅的目光"。这种无法获得的痛苦的爱只能在诗歌中、在艺术中、在诗人的想象中获得英雄主义的表达。诗人是梦想与现实之间的桥梁，是艺术的使者，是民主和自由的心声。

达里奥就是"这样的""刚刚写过"的诗人："刚刚写过／蓝色的诗句和世俗的圣歌"。他的歌就是梦，梦就是歌。梦中，有一只雄鹰掠过他的头顶，翅膀上带着暴雨狂风。梦中，有一只猫头鹰从他前额飞过，令他想起了密涅瓦和它那夜间深邃的眼睛里苍天的智慧和面对死亡的平静。梦中，有一只鸽子从他眼前飞过，翅膀几乎碰到了他的嘴唇，于是，他求鸽子给他那咕咕声的魅力和它在向日葵园子里的放纵。梦中，飞过一只猎隼，一只夜莺，一只蝙蝠，一只苍蝇，一只麻雀，和一只黄昏中的黄蜂。然后，"什么也不再飞过。/ 死神已经降落"。然后，他感觉到在这痛苦的世界上，道路有时很短、很短，有时又很长、很长。在这充满梦想的又短又长的生命途中，"诗歌像布满芒刺的铁衣穿在我的灵魂上。/ 一根根鲜血淋漓的芒刺 / 是血滴从我的忧伤往下流淌"。

1886年达里奥去了智利，开始了一生中断断续续的伟大旅行。1889年，达里奥回到西班牙，结婚；不久妻子去世；再婚；但这是一次失败。之后他又去中欧。1893年出任哥伦比亚驻布宜诺斯艾利斯的领事，上任途中经过纽约和巴黎，见到了"年迈的农牧神魏尔伦"，得知"马拉美的神秘"，感受到布宜诺斯艾利斯活跃豪放的世界都市的氛围，这正是他所寻求的。草原、大海、蛮荒和欧洲的远景：那不是空间中固定的，而是在时间中悬置的一座城市。在这个背景下，1896年《世俗的圣歌及其他的诗》问世。这是现代主义的顶峰之作，也标志着达里奥诗歌实践中的一些最佳成果，奠定了西班牙诗歌的一种全新感性。这部诗集主要以诗歌自身、诗的自由、爱情、过去、异教和基督教为主题；诗人好比斗士和英雄，勇敢地创新，在孤独中"追求一种形式"。"每一种形式都是一个姿态，一个密码，一个谜团；/每一个原子中都有一个无名的符号；/每一棵树的每一片叶子都唱着自己的歌/大海里的每一滴水都有自己的灵魂"。这就是他在"卷首语"中宣布的"无政府的美学"："我的文学是'我的'，只存在于我；谁若亦步亦趋地遵循我的足迹，必将失去个人的珍宝，无论侍从或奴隶，都不能掩盖印记或标志"。

19世纪末20世纪初，达里奥的诗歌艺术臻于成熟。1905年，《生命与希望之歌：天鹅及其他的诗》问世，成为西班牙现代主义诗歌的最高成就的标志。诗人在诗集中探讨了对立事物之间的调和，在对宇宙和谐的向往中揭示了内心深处的隐秘："象牙塔勾起了我的欲望；/我把自己闭锁在身体里，/在自己黑暗的深渊中/渴求空间和天空。"令诗人感到极度痛苦的是在盎格鲁—撒克逊，尤其是美国控制下的苟且生存和西班牙语世界的可能灭亡。诗人一针见血地痛斥和揭露罗斯福，而他自己则是幻想家和最高的沉思者，"以世界心灵的苦闷在经受煎熬"，并在极度痛苦中觉醒过来："北来的雾霭使我们充满了悲伤，/我们的玫瑰被践踏，我们的棕榈树被拔光，/我们在祈求自己可怜的灵魂，/我们的头脑中几乎不存任何梦想"。民族的未来和个人的梦想交织在一起，构成了现代主义的重要主题——存在的烦恼。他意识到生命不可避免地完结；只有死亡能把我们从梦魇中拯救出来：人类于中生存的泥淖，意识到短命之后的痛苦，睡眠中啜泣的梦魇，婴儿出生后的死亡，致使父亲祈求儿子原谅他为儿子的出生所负的责任！达里奥两个孩子过早夭折的个人悲剧使他深刻地认识到，人类遭受的惩罚恰恰因为他们清楚地知道自己是谁、在做什么；这或许是人类与植物之间最大的区别。生与死，烦恼与痛苦：这里，我们看到了现代人生存的两面——海德格尔的存在之"烦"和尼采的虚无的英雄主义。

然而，这两种悲观的生命哲学却在达里奥的晚期诗歌中得到了悲壮的乐观主义的表达。1910年发表的《秋之歌与其他的诗》，除了继续关怀爱、民族命运和友谊外，它还包含着对生命的礼赞、对爱欲的歌颂和对临死前的爱的欢愉的憧憬。"享受肉体，今天／令我们着迷的欢愉，／明天将变成灰烬。／享受阳光，异教徒／燃起了太阳之火；／享受阳光，因为明天你将什么也看不见。享受令人想起阿波罗的／甜蜜的和谐；享受歌唱，因为明天／你将没有喉舌。享受大地，某种善／将被它封闭；／享受吧，因为你／还没有进入地底"。这种悲壮的乐观主义在达里奥于1915年出版的最后一首诗《和平》中仍然隐约可见，只不过灵魂与肉体之间的钟摆摇动得更加无情和凄惨了。或许，达里奥代表的西班牙语的文学现代性在今天甚至比在他自己的时代更贴近中美洲的生活，所以他的诗歌才能在当今读者中搅起了更大的波澜。

他死后，很多诗人写诗悼念这位尼加拉瓜诗人，其中一首这样写道：

请看一个阿波罗种族的人如何对歌声与太阳痴迷,
从古老西班牙的土地采集芳香与贞洁的献祭。

那古老土地上的生命之树使爱的未来返青兴旺,
在健美的酒杯里盛满黄鹂的羽毛和夜莺的巢房。

当阿波罗之子采集那束激情之花盛开的至高无上的阳光
好像在每一个微粒上都跳动着一颗博爱而又痛苦的心脏。

那整棵祖传之树充满欢闹、颂歌、亚萨的诗、呻吟,
因为那神圣的洲际诗人离开了我们,他是采集星星的人。[1]

---

[1] 鲁菲·布兰科-丰博纳:《悼鲁文·达里奥》,载鲁文·达里奥:《世俗的圣歌》,赵振江译,上海,上海译文出版社,2013年。

*Federico Garcia Lorca*

# 费德里克·加西亚·洛卡

"诗人是一棵树／长满悲伤的果实／枯萎的落叶／为他的所爱放声大哭。／诗人是自然的／媒介／借助词语诠释她的庄严"。这是西班牙诗人费德里克·加西亚·洛卡（1898—1936，又译洛尔迦、洛尔卡）在早期诗歌中表达的创作思想。他想要触摸星星上的一只蚂蚁，想要爬上参天入云的一棵大树，这表达了生命要超越自身的愿望，但树已枯萎，被砍得只剩下了树桩；生命被窒息，愿望早已无法实现。然而，继续不懈追求，方知枯萎并不等于死亡；窒息仍然还有生还的希望。生命的冲动仍在。

从诗歌创作伊始，洛卡就渴望创造一个完全属于自己的诗的世界，为某种新的、前所未见的东西而奋斗，投入思想的海洋去寻找仍然完好无损的仍属于原始本能的感动。为了这个崭新的诗的世界，为了这种全新而又原始的美，诗人必须在死亡的边缘与恶魔进行斗争。也就是说，要创造新诗，诗人必须敢于进入危险的领域，进入最浑浊的生存状态，以洪亮的声音表达超越理性、意识和社会习俗之外的思想和感情。这种诗歌要摆脱形象阐释的游戏，表达纯粹的情感，不受理性逻辑的羁绊，但又不是超现实的，因为它受所创造的诗歌逻辑的支配。其结果便是"同时既创新又传统、既质朴又具有爆破力的集暴力与性于瞬间的挥发性平衡之中"的一种极具生命力和能量的抒情诗，暴力与性也就成为了他诗中的常见主题。

你那红红的嘴，艾斯特利拉，吉卜赛女人，
靠近我的，我
要咬那只苹果
就在这正午的艳阳之下！

在山顶绿色的
橄榄丛中有一座摩尔塔，上着
你乡村的肤色　　有股
蜂蜜和黎明的味道。

你的肉体的味道，你给了我
双倍灼热的身体，那

神圣的食粮

让溪底的花朵，静谧，迎风

燃烧晨星的火焰。[1]

　　这是批评家们普遍认为能代表洛卡诗歌之典型的《牧歌》的前三节。开首一节是一首流行的吉卜赛民歌，接着描写诗人家乡安达卢西亚的乡村景色，在以同一首民歌结束该诗之前，诗人运用众多意象——"黄褐色的光"，"长满百合的阴道"，"乳房活动的声响"，"被歌曲烧焦的生活"，"圣克里斯托巴尔农民的屁股"，夏季里"晒干的麦子的味道"，"痛苦的黑色的星"，"安达卢西亚神马"，这些是既传统又出新、既常见又诡谲的意象，用以描写说话者与吉卜赛女子艾斯特利拉之间痛苦而暴力的爱情，尤其是把这位吉卜赛女郎的名字 Estrella（拼写与读音）与 *estrella de dolor* 联系起来时，我们看到原来这位被爱的女人乃"痛苦之星"，于是又与希腊神话中的"达那伊得斯姐妹"联系了起来（在新婚之夜就杀死了自己丈夫的仙女们），这典型地体现了地中海民歌与希腊神话相杂糅的传统，同时也是洛卡诗歌中常见的爱与暴力的主题。最终，

---

[1] Martha J.Nandorfy, *The Poetics of Apocalypse:Federico García Lorca's* Poet in New York; Lewisburg: Bucknell University Press; London: Associated University Press, 2010. 文中选诗由陈永国译自本书。

我的安达卢西亚神马
被你睁开的双眼俘虏；
若见到它们死去，
他会悲伤凄凉地逃离。

若你不爱我，我
也会爱你这被遮蔽的眼神，
像云雀热爱新的一天
只为那滴晨露。

把你红红的嘴靠近
我的，艾斯特利拉，吉卜赛女人！
在正午的艳阳下
我要吃那颗苹果。来吧！

实际上，关于吉卜赛的全部神话和吉卜赛民歌成了洛卡诗歌创作的巨大的隐喻宝库。在创作初期，洛卡就把吉卜赛传统歌谣和反映西班牙农民生活的诗体悲剧结合起来，创作了著名的《吉卜赛歌谣集》。集子中，读者不难看到"文明"和"原始"两股暗流的涌动。"文明"的暗流源自从波德莱尔到20世纪20年代的先锋运动，通过鲁文·达里奥与以魏尔伦和马拉美为代表的法国唯美派联系起来，通过瓦尔-英克兰（Valle-Inclán）而具有了早期颓废派的气质，又通过弗洛伊德主义而着重于力比多，尤其是各种不加区别的性欲的刻画。而其"原始"方面则主要在于细微体现超现实主义之基本精神的新原始主义,并将其具化为在西方文化中已经被弱化为毫无害处的吉卜赛人的放荡不羁。这种放荡不羁则进而化为代表生命力的性欲的不同冲动:儿童的俄狄浦斯情结、处女的性觉醒、年轻男性的性暴力、修女被压抑的性欲和以残酷、乱伦、手淫和性虐为表现形式的男性性欲。所有这些编织成笼罩整个世界的一种激烈的性的权力斗争,一方是酣畅淋漓的原始性欲的发泄,另一方是文明自我对一切的不择手段的规训,其结果是一种新的爱欲关系,而反映在诗歌中,则是一种新的反映强烈张力和色情的爱。

月亮下来了,到裙内的熔炉里
　　晚香玉腰垫雪一样白。
男孩儿看呀看着她,
　　直勾勾看着那一片白。

月亮接着搅起一股不安的气息
　　向四处挥舞着玉臂,
展示胸部坚硬的铁听,
　　淫荡而又明晰。

从这里逃走吧,噢,月亮,月亮,月亮!

吉卜赛女郎如果今晚要来
她们将把你的心套入项链
　　还有白色的指环。

孩子啊，走啊，我要跳舞。
　　无论吉卜赛女人何时出现
她们都会发现你对着这里
　　的铁砧紧闭双眼。

跑啊，月亮，月亮，月亮，我听到
　　夜里马蹄声声！
孩子啊，离开我，不要让你的脚
　　踩到我的雪白琼浆。

走近前来的骑手打着拍子
　　和着平原的鼓面。
小男孩儿，在腰垫内
　　依旧紧闭双眼。

青铜与梦想，吉卜赛人
　　穿过了片片橄榄，
他们抬头望着蓝天，

半闭着蒙眬的双眼。

噢，尖叫的猫头鹰唱起来了，
　　在附近的林边！
月亮手牵着男孩儿
　　正穿过蓝天。

吉卜赛人，在腰垫里
　　放声痛哭，哭啼；
保持，保持着苏醒的气息，
　　保持着苏醒的气息。

　　"月亮下来了"，诗句简洁而多义，朴实而含混，一下子把读者带入了一个充满象征却又不可译的世界。它的主人公是月亮还是男孩儿？其实都不是；它是二者共同构建的"男孩儿—月亮"的神话，在吉卜赛歌谣中比较常见。但在洛卡的歌谣中，这月亮就悬挂在"戏剧性舞蹈之大地"，甚或家乡安达卢西亚的上空，她实际上是"致命的舞者"，她的裙不仅是白色的，而且是白色的晚香玉。对年轻的洛卡来说，白色虽说仍具有纯洁的意味，但也暗示生命力的匮乏；而对于成熟的洛卡，月亮由白变绿："绿色长成我的爱，我的爱长成绿色。/绿色的风。绿色枝丫的树。/高山顶上的种马。/大海上的船。"于是，白色和绿色就成了从生命力匮乏到生命力旺盛的两个成长阶段。但这绝不是说白色与绿色分别象征着原始和文明。当月亮牵着男孩儿的手穿越天空的时候，男孩儿实现了对月亮的梦想，沉浸在由"晚香玉腰垫""胸部坚硬的铁听"和"白色的指环……项链"构筑的仙境之中，乐不知返。在吉卜赛人看来这是"死亡"，于是才"放声痛哭，哭啼"，而实际上，男孩儿并没有死，只是遵照其原始本能而进入了尘世文明，这是洛卡所要强调的重点，表明原始本能与弗洛伊德主义的欲望并非截然不同，而作为艺术家，他更捍卫想象、幻想和儿童之创造力的价值。

在《惠特曼颂》一诗中，月亮仍然与现代文明构成了"生与死"的比照，只不过"月亮升起"的地方不再是安达卢西亚，而是纽约：在东河边，在布朗克斯，在王后区，年轻人（小男孩儿）在歌唱，在"露腰"，在开车，在"淘银"，但他们"不睡觉"，不想成为河流，不像惠特曼那样热爱草叶，不想成为海滩上的"蓝舌"。在这些地方，年轻人与工业一起拼搏，犹太人把割礼玫瑰抛给了"河中的牧神"，天空是一座座"桥梁和屋顶"，野牛也随风飘去了。但没有人停下来，没有人想变成一片云，没有人寻找"三叶草 / 或黄色的鼓轮"。当然，洛卡笔下的纽约纯然是一座生产和消费的城市，资本主义把它变成了"泛滥机器和眼泪"的洪水之都，把惠特曼的梦和惠特曼的爱变成了另一种堕落的通货。但洛卡绝不仅仅是在批判资本主义，或怀念惠特曼，而是在思考同性恋的问题，把同性恋看作其诸多原始本能之一种，当禁止同性恋的社会把同性恋"闭锁在门后"、同时变成"私密和罪孽"的时候,另一种古老的辉煌暗淡了;原始本能再一次败给了工业文明。

从未有一个瞬间,帅气的老沃尔特·惠特曼,
我不曾看你那住满了蝴蝶的胡须,
或你那被月光照得纤细的灯芯绒肩膀,
或你那处男阿波罗式的后臀,
或你那灰泥柱般的声音;
年迈的,像薄雾一样美,
像鸟儿一样嚎哭
用一根针刺透了它的性。
森林之神的敌人。
葡萄树的敌人,
粗布衣下身体的情人。

从未有一个瞬间,我的强健的美男子,
在煤山上,在广告上,在铁路上
你梦想成为一条河,像河一样酣睡
身边是那位同志,把无知豹子的隐痛
放入你的胸中。

从未有一个瞬间,亚当血统的人,一切男性,

孤身出海的男人,帅气的老沃尔特·惠特曼,
因为在房顶的平台上,
他们一起蜷缩在笼中,
一团团地从下水道流出
在出租司机的双腿间颤抖
或在长满苦艾的月台上飞来飞去,
那些讨厌的女人,沃尔特·惠特曼,手指着你。

还有那个人!还有他!正扑向
你那流光溢彩的童贞的胡子的
是北方的金发女,沙滩上的黑鬼;
数不清的尖叫声和手势,
极像猫也极像蛇,
是那些讨厌的女人,沃尔特·惠特曼,讨厌的女人们,
眼里含着泪水,肉体挨着鞭挞,
或动物教官的皮靴或谩骂。

还有那人!还有他!染色的手指
指向你梦想的海滩
当那朋友用一点点汽油的味道
吃掉了你的苹果,
阳光照在桥下玩耍的

男孩子们的肚脐上。

但你从未寻求那些红红痒痒的眼睛
或淹没小男孩们的最黑的沼泽,
或那结冰的唾液,
或讨厌的女人在汽车里或阳台上凸出的
像蟾蜍肚皮一样受伤的曲线
而月光则在恐怖的街角
把她们鞭挞。

你只寻找像是一条河的一个裸体。
将要加入车轮和海藻的一头公牛和一个梦想,
你的人之痛苦的祖先,你的死亡的卡梅莉亚,
他会在你隐藏的赤道的火焰中痛哭,

因为一个男人不应在明晨
血的丛林中寻欢作乐。
天空为你提供了逃避生命的海滩,
有些身体将不会在黎明重返。

痛苦,人的痛苦,梦,发酵和梦。
那就是世界,朋友:痛苦,人的痛苦。

城市的时钟下死者在腐烂。
战争从我们身边走过,与百万灰色的大鼠一道哭泣,
富豪们送给情人们
小巧溢光的半个尸体,
生命既不高贵,也不美好,更不神圣。

如果愿意,人可以顺从欲望
遏制珊瑚的静脉,或天上的裸体;
明天爱将变成岩石和时间,
一阵微风穿过熟睡的枝丫吹来。

所以我从未抬高嗓门,老沃尔特·惠特曼,
呵斥把小女孩儿的名字
深深刻入枕头里的小男孩儿,
呵斥在漆黑的壁橱里
把自己打扮成新娘的年轻男子,
呵斥那些厌恶地饱饮
娼妓之水的孤独的赌徒,
呵斥那些淫荡地凝视着男人
双唇却沉默地燃烧着的男人。
但我一定呵斥你,城里讨厌的女人,
你那肿胀的肉体和邪恶的念头。

> 污秽之母。哈皮士们。给欢乐戴上皇冠的
> 爱之不眠的敌人。

由吉卜赛人而惠特曼；由惠特曼而美国。1929年洛卡去纽约旅行，以亲身经验写出了超现实主义诗歌《纽约诗人》，于他死后的1940年发表。《纽约诗人》以诗体形式讲述了一个人在大都市里的异化和迷失，再通过亲情和与宇宙的和谐而重生的经历。整个叙述从充满暴力的被动空间过渡到积极参与自然的时间维度，从人的堕落的隐喻过渡到现代人由于自己的破坏性智力而与自然相背离的境遇。

对洛卡来说，纽约城是人由于疏离自然而导致社会瓦解的具体象征。现代人生活在一种"不完整的烦恼"之中，既不接触大地，也不亲近天堂；既不理解死亡，也没有意识到自己精神的颓废。这种烦恼在一种天启之中达到了高潮：诗人扮演了作为人类原始堕落之原型的亚当，他要在一种"血的洪流"中做出牺牲，充当自我与上帝、自我与自然之间的桥梁；诗人也因此而最终重新与自然达到融和，回到宇宙时间的和谐节奏之中，最后以"枝丫中的圆舞曲"和"古巴的黑人之声"结束。从这个意义上说，《纽约诗人》就是人从亚当到基督、人通过牺牲而从亚当变成基督的一次灵魂之旅。但在此之前，人经受着被离弃的痛苦：

> 胡椒树走了，

闪着磷光的小纽扣。
皮开肉绽的骆驼走了
天鹅用喙衔起了光的溪谷。

不知何时也不知缘何,笼罩非洲的巨大面罩被搬到了纽约的上空。于是,在承受了巨大折磨之后,胡椒树走了,骆驼走了,光也被天鹅衔到了别处。换来的是"干物品时代":你眼中看到的只有"麦粒和被叠成垛的猫,/大桥上的铁锈/绝对沉默的瓶塞"。人群、社会纯然是"死亡动物的聚会,/被一道道光刃切割;/河马与灰蹄永恒的结合/瞪羚喉咙里的花精油"。甚至连孤独也在不停地枯萎!

永不完结的枯萎的孤独里
舞动着伤痕累累的面罩。
半个世界都是沙土,
另一半是水银和熟睡的太阳。

"死亡之舞"是《纽约诗人》的重要组成部分,描写了干燥、无声、没有胡椒树的纽约城;非洲黑人戴着面罩在"枯萎的孤独"中跳舞,给纽约带来了"风沙、鳄鱼和恐怖"。一个男人由于没有看到老婆的裸体而在房顶上号啕大哭,而银行家则用血压计"测量硬币残酷的沉默":面罩笼罩着华尔街。

大面罩。看那块大面罩!
纽约城里泥的浪涛和蠕虫的闪光!

我在阳台上与月亮战斗。
成群的窗户正刺透夜的臀部。
我的双眼喝着天空甜蜜的母牛。
那巨大羽翼的微风
击打着百老汇骨灰般的窗户。

血滴寻找着星的花蕾的光
装作已死的苹果的种子。
牧羊人推来了平原上的风,
被没有壳的软体动物吓得瑟瑟发抖。

可那不是跳舞的死人,
我肯定。
死人吃饱了肚子,吞噬着自己的双手。
是其他人戴着面具弹着吉他在跳舞;
是其他人,醉饮金银的人,冷酷的人,
在裤裆里和大火中长大的人,
在阶梯大地上寻找蚯蚓的人,
在银行里喝着已死女孩眼泪的人

在角落里大嚼黎明的小金字塔的人。

在非洲（斯芬克斯）和华尔街（藏宝窖）之间有一条紧绷的钢丝绳，原始的冲动和机械的冲动都在那条钢丝绳上跳着文明的疯狂的死亡之舞。这里是非洲和纽约的汇合点，是丛林和城市的汇合点，是原始与堕落、无意识和意识、本能与规划、属于大地的穷人和已变成金币的富人之间的汇合点。面罩掀起的"泥的浪涛"一直推向"雪地的边缘"。如果说这就是纽约唯金钱是图的舞蹈的白天，那么，夜之纽约便是一座无睡眠的"荒原"之城。

天上没有人睡觉。没有人，没有。
没有人睡觉。
月亮上的生物围着垃圾箱嗅闻。
活的鬣蜥蜴撕咬着不做梦的人。
他带着破碎的心跑了，在角落里
遇到难以置信的鳄鱼受到群星温柔的呵护。

地上没有人睡觉。没有人，没有。
没有人睡觉。
最远处的墓地里有一个死人
三年来他一直在抱怨
因为他膝下是一片干燥的大地；

他们今天上午埋葬的那个孩子哭个不停
所以有必要叫来狗群让他安静。

生活不是一场梦。警惕！警惕！警惕！
我们从台阶落下去吃潮湿的土
还是爬到雪山之边去听已死大丽花的歌。
但没有忘却，没有梦境：
活的肉体。吻把嘴聚拢在
新生葡萄藤的丛林里
伤痛之苦不停地疼
恐惧死亡之人将把死亡扛在肩上。

一天
马群住进酒店
愤怒的蚁群
攻击在母牛眼睛里避难的黄色的天。

又一天
我们看到被解剖的蝴蝶复活
行走在灰色海绵和沉默之船的大地
我们看到指环闪光的玫瑰从我们舌下流淌。
警惕！警惕！警惕！

仍然监视动物足迹和暴风雨的人
不懂桥的发明而大声哭喊的男孩
除了头和一只鞋便一无所有的死人——
他们一定被带到了大丽花和蛇等待的地方,
熊龇着牙等待的地方,
孩子僵枯的手等待的地方
骆驼皮疯狂地抖动着蓝色的鬃毛。

天上没有人睡觉。没有人,没有。
没有人睡觉。
但如果有人闭上了眼睛,
那就打他,我的孩子们,打他!
睁大的眼睛的全景
痛苦的燃烧的伤痕。
地上没有人睡觉。没有,没有人。
现在我说完了。
没有人睡觉。
但如果夜里有人太阳穴上长了过剩的苔藓,
那就打开陷阱的门让他看到月下
戏院里假的高脚杯、毒药和头骨。

这就是"无睡眠的城市"。睡眠意味着失去意识,失去意识意味着进入无意识，接触无意识中的原始力量，达到与宇宙的结合，进而获得新的精神力。然而，城市里没有睡眠，有的只是愤怒与喧嚣。在这个意义上，无眠与睡眠就代表着意识和无意识这两种截然相反的状态：意识是醒着的时刻，是人与自然的原始状态的分野，在这种"无眠的"非自然状态下，甚至连死人都无法失去意识，这是因为"膝下干燥的大地"连续三年都没有雨、没有睡眠了；而上午刚刚埋葬的男孩还在不停地哭叫，直到叫来了狗群才能使他安静。

现实不是经验，不是逃逸，甚至不是"梦"：没有逃离现实的出口，没有摆脱痛苦的途径，也没有让人进入睡眠的良药。最终，"愤怒的蚁群"和"马群"将涌入这个已经沦为"荒原"的现代城市，以其亚人类的无意识力量向人类的意识发起复仇的反攻。

*Wallace Stevens*

# 华莱士·史蒂文斯

"在世界中活着,但又要生存于世界的概念之外";"把精神延伸到精神的范围之外";"把现实抛到现实之外":这是华莱士·史蒂文斯(1879—1955)诗歌创作的基本原则。从1904年到1955年逝世,史蒂文斯始终从事律师和保险工作,曾荣升哈特福德事故和赔损公司副总裁职位。但他每天坚持写诗,孜孜不倦地探索欧洲文学传统与美国文学的关系,进而促进他认为当时尚未形成的美国文学的"美国性"。这个生平事实或许能够解释史蒂文斯自己所说的"现实—想象情结":最实际或最贴近日常生活的工作与哲学思考和诗歌创作之间的对立,也就是想象与现实、超验与世俗之间的对立,"精神与天空之间的一场永不完结的战争"。正如希利斯·米勒所说,史蒂文斯的诗歌是他"借助想象看待现实的无穷无尽的可变视角",因此,他的诗要呈现的是"事物最平白的意义",是"事物内而非事物外的"现象,是以补偿的方式呈现生活本身,用时髦的话说,诗歌就是身体本身,就是存在本身,如在《棕榈树》中:

一棵棕榈树,在心的尽头
最后的思维之外升起
自铜色的远处

一只金羽鸟
在棕榈树里歌唱,没有人的意义
没有人的感受,唱一首异国的歌

如此你便知道这不是
使我们愉快或不愉快的理由
鸟鸣唱,羽毛闪耀

棕榈树站在空间的边缘上
风缓缓地在树枝间移动
鸟的火煌的羽毛要摇摇坠下(叶维廉译)

这是一种"纯粹的存在",一棵棕榈树和一只金羽鸟,如果你有闲暇思考它们，你就会领悟到树就站在空间的边缘，风从树枝中穿过，吹动鸟的金黄的羽毛，鸟的鸣叫并不具有人的意义，因此也不是你愉快或不愉快的理由。这就是一个人与生俱来的对世界的感觉，这就是一个诗人由他的天才和他的人格所决定的对世界的感觉，没有这种感觉，诗就没有主题；没有这种感觉，诗就没有了真相，诗人也就失去了作为诗人的尊严。而这种作为存在的主题，或作为主题的存在，则完全是诗人自己的："一个诗人写晨昏之光是因为他回避正午。他写乡村是因为他讨厌城市，而他喜欢这个不喜欢那个是因为思想或神经的某个特性；就是说，是因为他体内影响他思考和感受的某物。"仿佛在星期天的早晨（《星期天的早晨》）——

> 女式睡衣的安逸，迟来的咖啡
> 和橙子，在一张洒满阳光的椅上，
> 跟一块地毯上一只美冠鹦鹉的
> 绿色随意混合着，驱散
> 古代祭献的神圣静寂。

一个多么简单、随意、闲适的生活场景，它所规避的让我们一下子就想到的却是工作日早晨的匆忙、紧张、焦虑。但诗人接下来选择的却又不是歌颂这份惬意慵懒的宝贵，而是潜入了安逸的女士睡衣的主人的梦境：

她浅浅做梦，她感觉到那场
古老灾难黑暗的侵犯，
如一种静谧在水光间变暗。
酸涩的橙子及明亮、翠绿的翅膀
似乎是某一行死者队列的事物，
蜿蜒穿过宽大的水域，没有声音。
白昼就像宽大的水域，没有声音，
静止不动好让她做梦的双足
越过海洋，去到宁静的巴勒斯坦，
血与坟墓的领土。

  阳光挥洒下的梦境的确很"浅"，但在浅浅的梦境中她却"感觉到那场古老灾难的侵犯"，也就是说她梦到了"那场古老的灾难"，于是橙子变酸了，鹦鹉翠绿的翅膀也与橙子一起变成了殡葬队，悄无声息地穿过白昼这个宽大的水域，越过海洋，到了巴勒斯坦这片"血与坟墓的领土"。一个慵懒的可以睡个懒觉的星期天早晨就这样变得严肃庄重起来，甚至充满了恐惧、血腥、杀戮和死亡。由此，梦者开始了对"神性"这个严肃主题的思考：

为什么她该把她的赏金交给死者？
神性又是什么，如果它只能

在无声的阴影和梦中到来？
她不该在太阳的舒适里，
在刺鼻的水果和明亮、翠绿的翅膀里，不然
就在任何香膏或大地之美中，
发现天堂的思想这值得珍爱的事物？

神性是什么？是真实的存在吗？是可触可感的现实生活吗？显然，梦者早就有了自己的答案：既然神性总是在梦中到来，在阴影之中，那它就不在现实中。既然不在现实中，那么，她沐浴其中的温暖的阳光、水果的味道、鹦鹉翠绿漂亮的翅膀，又是什么？难道它们之中没有神性吗？难道只能在人工之美或自然之美中才能发现这值得珍爱的天堂的思想吗？她以为

神性必定活在她自身之内；
雨的激情，或降雪的心绪；
寂寞间悲戚，或树林开花时
抑制不住的欢畅；起风的
情感，在秋叶的湿路上；
所有的愉悦和所有的痛苦，回忆起
夏天的枝干和冬天的枝丫。
这都是注定要衡量她灵魂的尺度。

神性不在天堂，而在自身之中，在生活环境之中，在日常琐碎之中，而衡量灵魂的尺度则是人处于这环境中的心境，那"所有的愉悦和所有的痛苦""夏天的枝干和冬天的枝丫"。接着，她梦见"云端的朱庇特"，他有着"非人的诞生"，"神话的头脑"，"超凡出众的风范"，他会让我们的"处女般纯洁"的血"与天堂混合为一"。但她又问：

……在一颗星星里。
我们的血该失效么？或者它该成为
血的天堂么？而地球又该
显现尽如我们该知道的乐园么？

她就用这些"甜蜜的提问"来"检验雾霭的原野的现实"，来追问"当鸟儿离去，它们温暖的原野／不再回返，那时，何处是天堂？"或在清晨阳光带来的满足中"感到／对某种不灭的赐福的需要"，领悟到唯独从死亡——美的母亲那里，我们的梦想和欲望才能实现。然而，问题仍在：

在天堂里没有死亡的变化么？
成熟的果子永不落下？或者枝条
永远沉沉地垂挂在完美的天空，
一成不变，然而却像我们严酷的大地，

有着像我们的河一样的河流,寻找
它们永远找不到的大海,同样后退的滨岸
从不与口齿不清的剧痛接触?
为什么在那些河堤上置下梨树?
或是用李子的气味给海岸增香?

回答或许仍然是死亡,因为死亡是美的母亲。接着她梦见一群男子在一个夏日的早晨对着太阳唱着放纵的喧闹的颂歌,"一首天堂的颂歌","一声接一声","久久合唱",最后,她听到"无声的水上"有"一个嗓音呼叫"着"巴勒斯坦的坟墓","耶稣的坟墓",原来,我们都"活在一场古老太阳的混乱里,/或是昼与夜的古老属地,/或是孤独之岛"上,它周围是宽大的水域,我们无从逃遁,无从逃离这"无人担保"的"自由"。

鹿在我们的山上行走,而鹌鹑
在我们周围吹响它们自发的啼鸣;
甘甜的浆果在荒野里成熟;
而在天空的孤绝里,
在傍晚,不经意的群群鸽子作出
暧昧的波动,当它们沉落,
直下黑暗,乘着伸展的翅膀。

与洛卡和艾略特一样,史蒂文斯把现代生活看作"荒原","绝望的全景图","用污垢做成的破损肮脏的半个世界",充满了"人群中男人的汗液"。现代城市就仿佛但丁笔下的地狱,其恐怖景象给人们带来了"精神创伤"。史蒂文斯认为"宗教般的诗歌"能够通过"词语建造的内在幻景"和强烈的"准宗教形态"构建一个"更高的统一的自我",以一种纯粹的诗的抽象使"永不安宁的心灵"摆脱"混乱的折磨"。

一首诗像一部弥撒书
在泥淖中被找到,给那年轻人的弥撒书,

"一部为冥想景象而作的弥撒书",但也是学者所最为渴求的,哪怕只一页纸,哪怕只一个短句,它也是生命之鹰,是迎接这鹰的眼光的快乐,也是诗人之所想。现代诗是"心智在行动",是心智寻找满足的行动,而且具有杀伤力:

它得是鲜活的,会讲当地话,
它得面对当时的男人并与
当时的女人接上头,它得想想战争
并找到满足的东西。它得
搭建一个新舞台。它得出场
并像一个不知足的演员,缓慢地,

沉思地，将词语吐露进那耳朵里，使其
在心智最微妙的耳朵里回荡，一字不差地
重复它爱听的。回荡声中，一群
隐身的观众凝神聆听，聆听的是
其自身，而不是剧本，聆听那
两个人的激情，那两股似乎
合而为一的激情，那演员
是黑暗中的玄学家，拨弄着
乐器，拨弄着琴弦，发出
突然穿透精确的声响，饱含着
心智，不多不少，既不屈尊向下，
也不愿无限高攀。
那正是
所谓满足的景象：可以是
一个男人在滑冰，一个女人在跳舞，或
梳头。诗歌：心智在行动。

与海德格尔一样，史蒂文斯认为诗歌是用词语并在词语中进行建造的一种行为；它所建造的是永久的"存在"；诗也是"存在之诗"。这种"存在之诗"必须是抽象的。每一首诗都是翻新生活的过程，是翻新旧有事物的过程，也即重新命名现存事物的过程。诗人在翻新的过程中获得关于事物的"第一观念"，它是诗人对物的直觉反应,是诗歌想象或创造的基础,而对这个观念的"描述"则是终极的"启示"。但所描述的不是物本身,不是虚假的似真性;它是现存的人工制品,有明显可见的自身存在,但又不是真实生活的替代;它不但不同于现实,而且比现实更强烈,比我们对太阳和月亮的经验更清晰;它不是对表面现象的描写,不是对空间视角的总结,不是对色彩、面积和质地等特性的罗列,更不是对所见事物的模仿或再生产。

秋野落尽,我们对事物又
一目了然。这就像
我们来到了想象的尽头,
滞留在一种枯燥的理解里。

难以选中哪个形容词来应对
这空茫的冷,这莫名的哀。
鸿篇巨构变成一个小屋,
没有头巾帽走过萎缩了的地板。

温室急需油漆一新。
五十年的烟囱老旧得歪斜。
一种异想天开的努力已经失败,
只用重复,重复着人和苍蝇。

正是想象力的空缺
急需被想象,巨大的池塘,急需
明白的体验,既无倒影,落叶,烂泥,
水也不像脏玻璃,满口沉默,只

表达出那种老鼠来偷窥时的沉默。
大池塘和它百合花的残骸,都
必须被想象成一种必然的认知,
一种急需,必不可少的急需。

　　史蒂文斯的"描写"是试图揭示存在本质的一个方法,是一种期待、一种欲望,是我们生来必须阅读的一个文本。它所揭示的不仅是世界的存在,而且是诗人的存在;是"海面上傲然耸立的一棵棕榈树"。换言之,一首诗的"描写"必须包括具体的物和抽象的物两种:抽象的物实际上并不存在,但却"内在于诗人的心中,就仿佛上帝的观念内在于神学家的心中"。诗人的任务是要通过具体可触的现象到达事物的不可见的"核心"。诗"必然是可见的或不可见的/不可见的或可见的或两者:/眼中的见和未见。/气候和气候的巨人"。"就好比由正变红的红宝石所变成的红宝石"。这里,"气候"是具体的,"气候的巨人"则是从"气候"中抽象出来的"第一观念";同样,"正在变红的红宝石"就是红宝石"生成"的过程,是通过想象释放出无数可能性的红宝石,它就是"存在之诗"。

"诗人在任何时候都有一个功能,就是通过自己的思想和感受来发现那一刻在他看来是诗歌的东西。通常他会在自己的诗歌里以诗歌本身的途径显露他发现的东西。他行使这一功能时通常对此并无意识,于是在他诗歌中的这些显露,在它们定义在他看来是诗歌的东西之时,是诗歌的显露,不是诗歌之定义的显露。"[1]

---

[1] 华莱士·史蒂文斯:《最高虚构笔记:史蒂文斯文集》,陈东飚,张枣译,上海,华东师范大学出版社,2009年,第273页。

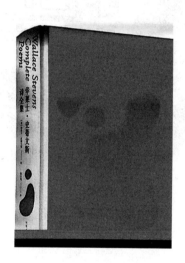

Eugenio Montale

# 尤金尼奥·蒙塔莱

尤金尼奥·蒙塔莱（1896—1981）不喜欢出名。他说如果生活是一个迷宫，那他就已经走过了"无数小路而没有受到严重的伤害"。他的这些"小路"包括1915—1916年在大音乐家厄内斯托·西沃里门下学声乐的一段经历。这位大师逝世前留给他一句话："一位歌手需要的不是一副好嗓子，而是一团火"。蒙塔莱不知道自己是否拥有"这团火"，但随着老师的逝世，他的歌唱生涯也结束了，而他对音乐的强烈兴趣却终生未减。在1946年的一次"想象采访"中，他说"即使在演唱界以外，在每一种人类事务中，也都存在着音高的问题"。蒙塔莱的"音高"始终都是低调的。"我在30岁之前几乎不认识谁，甚至没见过太多的人。但我在写《乌贼骨》的那段时期里是最孤独的。我在佛罗伦萨像一个外国人，像勃朗宁那样过着离群索居的生活"。

《乌贼骨》是他于 1925 年发表的第一部诗集。他在第一首诗《柠檬》中就宣布：

> 而我，更喜欢通向青草芜蔓的道路
> 孩子们在路边浅浅的污水坑里
> 捕捉孱弱的鳗鱼；
> 更喜欢穿过沟壑野坳，
> 经过丛丛芦苇的小径，
> 把我带到栽着柠檬树的田园。[1]

这是第一部诗集中（排在序诗之后的）第一首诗，被公认为是蒙塔莱的诗歌宣言：打破空洞的、无生命的、貌似田园而非田园的古典形式，不写"黄杨"和"莨苔"，这些都是官方的御用"名树"，而写"青草芜蔓的道路"，"路边浅浅的污水坑"，"孱弱的鳗鱼"，"沟壑野坳"和"丛丛芦苇的小径"，最后来到"栽着柠檬树的田园"。这些都是真实生活中活生生的体验。诗人更愿意聆听隐遁在蓝天中的"鸟儿的啁啾"，"几乎忘记的摇曳的枝柯"的"喁喁细语"，同时让"田野不息地 / 舒散的缕缕撩人的芬芳 / 悠悠地沁入肺腑。"此时，未及脱离大地的"柠檬的馨香"会是

---

[1] 庞德等：《众树歌唱》，叶维廉译，北京，人民文学出版社，2009 年。文中选诗除特殊标注外，均出自本书。

给穷苦人的"一份微薄的财富",使其忘记那些"寻欢作乐的欲念",而那"馨香"给人的种种感觉也算是我们穷苦人所能触碰到的一点点奢侈了。

接下来,诗人写"沉寂"。在沉寂中,万物由于陶醉而最易于暴露自身的终极隐秘;在沉寂中,我们期待从"大自然的荒唐","世界的支离破碎"和"逻辑的沦亡"中揭示永恒的真理。在沉寂中,我们希望用目光搜索,用智慧探究,最终,在"清芬满溢"的沉寂里,"每一个人的灵魂 / 全浸润于超凡脱俗的神圣"。然而,当幻觉消逝,时间再度把我们拉回到"喧闹的城市"中时,我们只能从高楼大厦的空隙间看到显露的蓝天片片,因为——

> 高墙飞檐肢解了蓝天,
> 雨水的劈击叫大地疲倦,
> 寒冬的烦闷沉沉地压在屋瓦上,
> 阳光黯然失色——心灵悲苦荒凉。
> 啊,有那么一天,从虚掩的大门里
> 庭院的树丛间
> 我们又瞥见了金黄色的柠檬;
> 心湖的坚冰解冻了,
> 胸膛中迸涌出
> 太阳欢畅明朗的
> 金色的歌。(吕同六译)

这金色的歌就是蒙塔莱倾毕生精力所要创造的那种歌,一种要打破传统形式、抛弃华丽辞藻、运用嘲弄式的讽刺等"反修辞"、甚至"反诗歌"的手法,来批判现实生活的一种极小主义的诗歌,或者是标志着他极端个性的一种"隐逸诗"。1928年到1939年是蒙塔莱诗歌生涯中最"隐逸"的时期。期间,他自觉地逃避危险的公共或政治主题,而致力于对"私下的诗歌语言",也就是"沉重的多音节语言的另一个维度"进行探讨,并发表了第二部诗集《命运》。他相信不适于表达一种诗歌理想的意大利语自身内部也一定含有它自己隐逸的动机。此后,蒙塔莱就一直注重诗歌独孤的非公共性,也即诗歌语言的隐逸性。

  那撕心裂肺的问题
  灵感是热还是冷
  并不是热力学问题。
  迷狂并不生产,虚空并非有益,
  诗歌不是冰糕,但也不是烧烤。
  它是非常烦心的
  词语问题
  从烤箱
  跑到
  冷冻的冰层里。
  哪里来并不重要。只要出来

> 它们就四处张望,好像在问:
> 我为什么来到这里?

这种作为诗歌本质的非政治立场在1943年的《费尼兹铁瑞》中已充分体现出来。从1943年到1956年发表第三部诗集《暴风雨及其他》期间,蒙塔莱翻译了艾略特、叶芝、迪兰·托马斯和莎士比亚等人的诗歌,1948年发表了《翻译笔记》(并在业余时间作画,用葡萄酒、咖啡渣、牙膏和烟灰调制颜料,当然大部分是些即席之作,正如他常常在公共汽车票和糖纸的背后写诗、最后被女仆丢进垃圾桶一样,但却充实了他诗歌创作的感性和内容)。《暴风雨》一方面指战争动乱,另一方面也许是比对战争的感觉更加强烈、更加内在的"精神动乱",即对他的"诗中情人"克莉琪亚的思念和爱慕。这位"情人"之于蒙塔莱就如同比阿特丽斯之于但丁,或劳拉之于彼特拉克,因为那是其诗歌创作灵感的主要源泉,使这部诗集成为了蒙塔莱所有诗歌中最具感染力和最令人难忘的诗篇。

在1975年的诺贝尔获奖演说中,他指出,"同时存在着两种类型的诗歌:一类是供眼前直接消费的应景作品,一经使用便立即消亡得无踪无影,而另一类则能安静地长眠。但是,如果它有力量的话,总有一天会苏醒奋起"。即便是"韵诗",它"是害虫,比圣文森特的/修女还有害,没完没了地/敲你的门。你不能干脆拒之门外/她们能忍耐,反正她们已身在外",即便这种"韵诗"

有时追求音响和视觉效果,即便它所用的语言,"像手榴弹爆炸一样,杂乱无章地四处抛洒,毫无真实的含意,却似发生了有许多震源的地震",但也同样能使"儒雅的诗人孤傲不群,伪装/或计胜她们(韵诗),或尽量/从她们身边溜走。但她们燃起/疯狂的火焰,她们(韵诗和小鸡)/早晚都会回来,与往常一样/敲你的门,把你的诗抨击"。这就是他对大众文化的态度。

然而,真正的诗歌拒绝评论,拒绝追求任何效果:"诗歌/惊恐地拒绝/评论者的评语。/但不清楚过分的沉默/是否充实自己/或一失足来管理道具的人,/竟然不知道/作者就是他自己"。在某种意义上,儒雅诗人的这种"过分的沉默"就是他在创作和生活中坚持的"隐逸主义",也是对浸润着声望和名誉的公共领域以及生活和艺术的集体模式的一种无声批判。

蒙塔莱的诗以"明澈性"和"残暴性"为特点,并在二者间流露出纯粹的爱的情感。而所谓的"明澈性"和"残暴性"无非是指其用词的简练,简练到"一字不可多加、一字不可减少"的程度,残暴到不留任何人工雕琢之痕迹的程度。而且,简练的表达准确无误,"如同镶嵌在色彩斑斓的马赛克中的玻璃体"。在《唐娜》一诗中,简约到极致的短短几字,就似乎讲述了犹太民族的漫长历史:

板码头
自高辛港推向海面

> 三五个人，顽冥如石，在那里
> 撒网收网，用手
> 那么轻轻一指，你说，对岸
> 隐没的才是你的国土
> 然后，我们就沿运河而上
> 到阳光烟垢相映的
> 造船厂，一块
> 若病的土地，惯性的春天
> 湮灭
> 毫无记忆。

"三五个人"，一个民族；"顽冥如石，"便是那民族沉重的历史负担、悠久的文明智慧和不移的民族韧性。他们在异邦的海岸上"撒网收网"，而那"轻轻一指"，"对岸隐没的"国土，才正是让人撕心裂肺的：犹太人自古以来始终翘首盼望着的、在几千年的历史长河中飘摇着所向而往之的国土，竟被如此"轻轻一指"就代过了，但又有哪个读者不会领会其中深远之意涵，即犹太民族自"创世"以来就陷入的离散、散居、被逐、奴役和流离失所呢？然而，这样一个坚忍的民族现在却生活在一个"烟垢相映"的"若病的土地"上，在季节性的春天里，一切记忆却又都灰飞烟灭了。

这位犹太女人名叫唐娜·马科乌斯，可能就是影响蒙塔莱诗歌创造之两个最重要的女人之一。她命运多舛的传说也就是一个民族的史诗,而"史诗"中用词之质朴、风格之明快、韵律之简洁,据说可与庞德和艾略特相媲美。

> 在这里,一个古老的生命
> 纹成东土来的
> 甜美的焦虑。
> 你的语字,垂死的鲻鱼的鳞
> 闪着一条雨后的虹。

从希伯来祖先开始,犹太人的焦虑就是甜美的,因为那焦虑中含有必胜的希望和永久栖居家园的希冀;而其留下的语言文字,包括其闪光的经典,尽管已是气息奄奄,但仍如雨后彩虹,放射出奇光异彩。这种奇特的意象的确在庞德和艾略特的诗中比比皆是。诗人转而对唐娜说话:"你的不安",在"我"看来,就是"暴风雨夜中"扑向灯塔的候鸟,"你的甜蜜也是 / 在水面上冥冥涡漩 / 不灭不绝的 / 风暴";你已经精疲力竭,又怎能在溷泥中坚定信念("在心中立起")?你或许依靠"唇膏、粉盒、指甲锉"等现代粉饰物品为生,但你心中始终小心翼翼地保留着一股魔力,"一只象牙(做)的白鼠"。而这就是你的生存,犹太人的生存,或许也是所有现代人的生存。这就是唐娜的故事,"一个冷冷的错误的故事","写在'糖爸爸'的湿濡的唇上 / 写在大酒店 / 十寸高金相框里/柔弱男性的短髭/活在破口琴的/喘息里",这个故事就这样在父辈的嘴里、在现代商业广告中,不停地讲述着,像厨房里的月桂树"音容不变"。然而,

> 洛梵那很远很远。凶猛的信仰
> 滤清毒液。
> 它向你要什么?
> 不放弃
> 声音,传说,命运……
> 但已很晚了,永远是:更晚,更晚。

故事中的愿景如同洛梵那总是"很远很远",[1] "声音、传说、命运"总是把它推迟得"更晚更晚",终究,是"凶猛的信仰"滤清了毒液,抑或是"提取了纯净的毒液",抑或是"蒸馏出毒液"。

在《正午时歇息》一诗中,"淡然入神的"歇息者"紧靠着灼烧的花园的墙",他先是听到"荆棘和枝丫间""黑鸟的嘎嘎,蛇的骚动",接着在"龟裂的缝里"和野豌豆的藤蔓间,看到"一列一列的红蚂蚁""在小堆小堆的峰顶"上"溃散",然后"再穿织",接下来他把眼光放远,"穿过疏枝密叶去观察/遥远的海之鳞的悸动",竟然也听到"蝉的抖抖的嘶叫"从"光秃的山头"那边响

---

[1] 洛梵那:拉文纳,意大利北部古城。

起。太阳的光照得他头晕目眩,"在忧郁的惊异里",他突然醒悟,原来

> 所有的生命及操作
> 都依从一堵墙
> 墙上,锋锐的破瓶的碎片

同样的顿悟也可从"汲水的辘轳"的"碾轧转动"中得到:

> 汲水的辘轳碾轧转动
> 清澄的泉水
> 在日光下闪烁波动。
> 记忆在漫溢的水桶中颤抖,
> 皎洁的镜面
> 浮现出一张微笑盈盈的脸容。
> 我探身亲吻水中的影儿,
> 往昔蓦然变得模糊畸形,
> 水波中荡然消隐……
> 唉,汲水的辘轳碾轧转动,
> 水桶又沉入黑暗的深井,
> 距离吞噬了影儿的笑容。(吕同六译)

用辘轳在深井中打水这一最普通的日常生活场景喻指诗人在记忆深处追寻往事,捕捉逝去的青春年华,"记忆在漫溢的水桶中颤抖"。当他探身亲吻"皎洁的镜面"上可爱的青春面容时,"往昔蓦然变得模糊畸形",在"水波中荡然消隐";当他把辘轳再次放入深井中,"距离吞噬了影儿的笑容"。诗人对青春的缅怀,对人生的咏叹,情真意切,句句勾连,印证了蒙塔莱的诗歌创作思想:诗歌是"最谨慎的艺术形式";抒情诗是"孤独和累积的结果"。诗歌不是记录外部有文献可考的现实的,而是深切反映内在世界的多变性和复杂性的;它表现的情感、思想、善行或罪恶都是高度抽象的,就仿佛生活和艺术这两个普遍概念一样。诗人应该"具有通过具体事物和亲身体验来表达抽象概念,同时又不破坏意象的直接暗示的力量的能力"。

也许有一天清晨,走在干燥的玻璃空气里,
我会转身看见一个奇迹发生:
我背后什么也没有,一片虚空
在我身后延伸,带着醉汉的惊骇。

接着,恍若在银幕上,立即拢集过来
树木房屋山峦,又是老一套幻觉。
但已经太迟:我将继续怀着这秘密
默默走在人群中,他们都不回头。(黄灿然译)

那"都不回头"的人群和在身后延伸的一片虚空，就仿佛英国意象派诗人埃兹拉·庞德笔下的"人群中这些脸的憧影，湿黑的枝上的花瓣"（叶维廉译）。然而，要想与人分享这种高度抽象的概念，就必须把它们变成具体的表达。但语言的不可靠性和历史（集体和个人）的不确定性又使这种具体表达难以实现，因此，蒙塔莱只好诉诸本质上属于极小主义的诗歌艺术，即便诗歌和任何交往艺术一样也充斥着"误读"和偶然性。他的诗歌代表整整一代人的态度、情感和向往，不仅因为他沉默而不张扬地探索具有特异性的表现形式，还在于他那坚毅沉稳、绝对非弥赛亚式的声音，在于他要为一个毫无意义和混乱的世界提供意义、价值和信仰的责任感，在于他要在贪图虚名、物欲横流的时代为读者提供与自我、语言和自然相和谐的一种态度。

1961年，蒙塔莱分别被罗马大学、米兰大学和剑桥大学授予名誉博士学位；1967年被授予意大利参议院终身名誉参议员，1975年获诺贝尔文学奖。他的国际声誉随着批评家、翻译家和追随者的逐渐增多而流传广泛，同时也使这位终生提倡孤独和隐逸的诗人成了最不孤独的公众人物。但他的创作原则和他诗歌的特点依然是缄默和隐逸；他坚信个体生活和艺术的绝对独特性和不可理解性。他认为真正的诗歌如同某些绘画，其收藏者鲜为人知，其价值也只有少数内行人知晓。因为，诗歌的生命并非仅仅存在于书本中，或者存在于学校收藏的文集中。诗人不认识，并且往往永远不会结识自己的知音。虽然,艺术不是为哪一个人的,而总是为一切人的,但诗歌真正的知音仍然无法预料。诗人出于恐惧而拒绝描写生产,但对诗歌而言,不描写生产并不意味着灭亡。诗歌绝不存在灭亡的问题。因为,诗歌本身就是诗人的生活。

> 我的生活,我不向你要求稳定的
> 轮廓,属于你的真诚的面容。
> 在这不安的扭转中,苦艾与
> 蜂蜜拥有同一种味道。
>
> 心灵蔑视一切骚动,
> 偶尔,它才被惊异震撼。
> 犹如这寂静的乡村中
> 有时发出一声枪响。(胡桑译)

# Derek Walcott

# 德里克·沃尔科特

"我歌唱我们宽广的祖国,加勒比海"。这是德里克·沃尔科特(1930—2017)在他的代表作《欧梅尔奥斯》中表达的创作情怀,也是他的诗学所提倡的重要思想。对沃尔科特来说,大海具有多重意义:它是储存过去的仓库,大海目睹了时间的铭写和时间的涂抹,记录了人类社会的更替和改造,叙说了而且仍在叙说着世代加勒比海人创造的别具一格的文明。沃尔科特的一首名诗就叫《海洋即历史》。

你们的纪念碑、你们的战役、烈士在哪里?
你们的部族记忆在哪里?先生们,
在那灰茫茫的穹窿里。海洋。海洋

已把它们锁起。海洋即历史。

作为历史的海洋首先是"汹涌的石油,/沉重如混沌",其次是"隧道尽头的光明,/帆船上的桅灯"。海上可以看到"被珊瑚焊接起来的骨头,/被鲨鱼影子的天恩所覆盖的马赛克";可以听到"从海底阳光/被拨动的金弦发出/巴比伦奴隶澎湃的竖琴声";如同"锁链般挂在溺死女人/身上的玛瑙贝串,/那些就是'雅歌'中的/象牙镯子"。然而,大海仍在寻找历史:在海洋不断翻开的空白页上,有"眼睛沉重如锚、/沉没无墓葬的男人们",有"烧烤牛肉,把烧焦的/排骨像棕榈叶似的丢在海滩上的强盗",有"吞噬王家港的/浪潮的起沫的、狂暴的胃囊"。就这样,从"创世记",历经"出埃及记"、"圣约柜"、"雅歌"、"约拿书",直到"随着他的儿子落下"的"新约",西方的历史尽在大海中。然后迎来了白色的姐妹,迎来了"解放",迎来了欢庆,但"那不是历史,/那只是信仰"。

然后来了苍蝇的宗教会议,
然后来了做秘书的鹭鸶,
然后来了为选票鼓吹的牛蛙,

有着聪明主意的萤火虫
和好像坐飞机的使节的蝙蝠,

还有螳螂,就像穿咔叽制服的警察,

还有仔细审查每宗案件的
法官毛毛虫,
然后在蕨类植物黑暗的耳朵里,

在有潮水坑的岩石的
咸涩嗤笑声中,有声音
好像谣言而没有任何历史的

回声,真正地开始了。[1]

对现代游客来说,加勒比海是个神奇的旅游胜地,举目皆是热带植物的潟湖和海湾,浓密的雨林、红树林和椰树林,明媚的阳光、仙人掌和各种珍禽异兽,世界上最大的内海和冬季旅游胜地。而对当代加勒比海作家来说,这些仍然属于陆地的异国情调并不完全是加勒比海的文化。它的真正文化是大海:大海的急流和浪涛、潮起和潮落、流动和迂回。大海的易变性是作家们描写这片国土的恒定隐喻;这种易变性也需要一种不稳定的媒介来描述任何固定话语都无法掌控的大海的自然力。如果说现实生活中

---

[1] 沃尔科特:《德瑞克·沃尔科特诗选》,傅浩译,石家庄,河北教育出版社,2004年。

对大海的掌控是航海，那么，描写这种掌控活动的文学样式便是航海旅行。

对沃尔科特来说，航海旅行的本质是改造和变化。与20世纪后半叶盛行的后殖民文学一样，沃尔科特有许多作品描写真实的和想象的航海旅行——这是后殖民文学探讨外族侵略带来的创伤、文化根源的丧失以及重新确定文化身份之可能性（和不可能性）的一个重要文学手段。沃尔科特笔下的航海旅行是包括"归家"的"出海"的旅行，不同于奥德修的"入海"旅行。对奥德修来说，10年的颠沛流离并没有改变他自己作为英雄和丈夫的身份，因而也没有改变裴奈罗佩作为贤妻良母的身份；但对沃尔科特来说，航海的本质是改造和变化；出海旅行的人归来时绝不是出海前的同一个人，而家乡也绝不是出海前的那个家乡：运动和变化是流浪者的本质特征。背井离乡造成的缺席在作家与他试图歌颂的家乡之间隔开了一道鸿沟。因此他作品中探讨的加勒比海身份（如果有的话）不是固定的，而是不断变化和流动的主体。

旅途在变，身份在变，家乡也在变。"幸运的旅行者"曾经怀揣希望，"在铐在我手腕上的方形棺材里"，"以三倍行距的复印表格"，"透过图画的网眼恳求"世界银行的慈悲，然而，他看到的却是"饥荒像镰刀一样叹息／跨越数字的田野和荒原"，"在大地的皱褶里／10000000无岸的灵魂在漂流。／索马里：765000，他们的骨架将埋在涨潮的沙下"。这时，"旅行者的眼睛，／如同倒过来的望远镜，／迅速把个人的悲伤拧进／古怪数字的椭圆形的巢，/ 而与地球交织的鸢尾花 / 将其凝缩成零，接着是一片云"。从日内瓦到波恩，从纽约到伦敦，旅行者都是充斥于国家柜橱的蟑螂，是"绕着圆柱疾走"的蟑螂群。"谁在乎多少百万人的饥饿？/ 他们升天的灵魂将减轻世界的负担。"旅行者"靠在滚烫的栏杆，/ 望着滚烫的海"，看到同胞们"在远处跪在滚烫的沙滩上"，履行那"蝗虫虔敬的屈服"。于是，他决定回到"十六世纪后期潮乎乎的土地"，但却来到了一个"幽灵居住的地方"，一个由"海啸托起的生存空间"，一个"没有耶稣的纪元"。此时，

> 汹涌的大海不如我的心潮澎湃。
> 海角鼾声大振。如鲸鱼打鼾。
> 鲸鱼座，鲸鱼，是基督。
> 余烬已灭，空中烟尘仿佛灰堆。
> 芦苇洗净罪恶的手，潟湖
> 已污染。既然下雨，那就大声吧，
> 沼地上嘶嘶地飞过一层薄沙。
> 既然上帝已死，那这些就不是他的星群，
> 而是人点燃的，圣殿上的硫黄灯，
> 就在地球的黑暗的心脏里
> 落后的部落为他的尸体守灵，
> 在德雅，彩色灯，这只床头灯。

从 1949 年的《身边没有船员的尤利西斯》到 1980 年的《幸运的旅行者》，沃尔科特在这期间的一个重要发现就是"大海是我的特权"。这意味着大海就是航海者的家园：他笔下流浪的奥德修始终被比作海龟和螃蟹——无论走到哪里背上都背着家园，而《欧梅尔奥斯》中常为跨大西洋的航海者指点迷津的则是褐雨燕。这些动物无疑表明与它们为伍的加勒比海人属于一种典型的航海者，旅行者，在海上漂游的流浪者；他们的身份也是综合了流动文明的一种杂交身份，就连这部现代史诗《欧梅尔奥斯》本身也是荷马的《奥德修纪》、维吉尔的《埃涅阿斯纪》、笛福的《鲁滨孙漂流记》、乔伊斯的《尤利西斯》和他自己的文化经历的一种综合。在这个意义上，这部现代史诗堪称是对荷马史诗的成功的挪用和重写。

《欧梅尔奥斯》在结构上围绕一系列环形旅行展开；以诗人的家乡圣卢西亚开始和结束，描写了诗人去非洲、北美和欧洲的旅行。沃尔科特给全诗的命名实际上意在恢复荷马真正的希腊语名字：Homer 实际上是希腊文 Omeros 的英语译名。诗人解释说，

> "欧梅尔奥斯"，她笑着说。"我们希腊人都这么称呼他。"
> 抚摸着小小的半身像和拳击手的断鼻，
> 我想着恶臭的干渔网附近
>
> 坐着的七星，聆听着浅滩的喧闹。

我说:"荷马和维吉是新英格兰的农民,
长翅膀的马包围着他们的加油站,你说对了。"

我抚摸一只胳臂的时候感到浪花儿的头望着我,
与大理石一样冰冷,然后冬天的肩膀把光
投进工作间的阁楼。我说:"欧梅尔奥斯,"

"欧"使人想起贝壳,"梅尔"在我们
安提列群岛的方言中是母亲和大海的结合,
"奥斯"是灰色的石头,和拍击它的白色浪花

把咝咝作响的项圈撒在带饰边的海边。
欧梅尔奥斯是干树叶清脆的声音,退潮时
洞口的浪头冲刷海岸的回声。(陈永国译)

这一重新命名不但恢复了荷马的"原籍",而且也是对作为西欧文化源头的荷马的"克里奥耳化",两千多年来一直被誉为欧洲文化之源头的荷马现在成了一位加勒比海诗人。这或许是诗中"归家"主题的最重要体现——荷马回家了。但他要解决的问题是诗人的使命感。

沃尔科特承认在他的诗歌中常常能听到"他人的声音",看到"他人的生活和路线"。批评家们把他对其他诗人的风格、节

奏甚至态度的这种挪用解释为文化上的殖民化，意思是说，沃尔科特仍然没有摆脱文化上被殖民的状态；或从另一个角度看，这是一位重要诗人出于谦卑、警觉和探索精神而"从整个文化遗产中汲取营养"，更不用说，在20世纪60年代西印度群岛获得独立之前，派生性甚至拼贴乃是诗歌的一大共性。

对沃尔科特这样的知识分子来说，接受的是宗主国的教育，因而脱离了自己"民族"的传统，在宗主国文学经典的氛围中锤炼自己的想象力，而当把这种想象力应用于创作实践时，他既要用与宗主国文化密不可分的一种语言创作，同时又要找到适当的形式来表达自己的民族意识，这一任务就相当艰巨。

用适当的语言和形式表达加勒比海人的生活经验，创造能够合法延长"马洛和弥尔顿"诗歌传统的一种诗歌，这一使命感迫使沃尔科特不得不首先诉诸他心目中的大师的杰作：但丁、马洛、莎士比亚、弥尔顿、华兹华斯、阿诺德、哈特·克莱恩、霍普金斯，或在文化地理上距他较近的艾略特、叶芝、波德莱尔、奥登和迪兰·托马斯，这些都是他为"准备一副面孔"而去会见的"那些面孔"。

在《绿夜：1948—1962》（1962）中，他仍然探索自己诗歌的风格，但已基本摆脱了前三部诗集中的纯粹模仿，把西印度群岛诗歌引入了具有高度思想性的现代诗歌的行列。他要解决的问题是诗人的使命感，包括与这片土地和人民的认同，对群岛和岛民的神话的接受，以及对待这一地区的历史的态度。即便此时他在风格上已臻于成熟，但仍然需要协调的还有一种对欧洲传统的依附，以及成熟后必然产生的对那个传统的异化感。

沃尔科特采取的方法就是把诗歌的人性化力量与英语语言的雄辩力和敏感性结合起来。《来自遥远非洲的呼唤》就采取了一种近似于几何般平衡的态度，用整齐的两极坐标，描写了西印度群岛人（至少对沃尔科特本人而言）在非洲和欧洲之间做出选择时的痛苦。在非洲的"民兵"与欧洲的"超人"之间进行的这场搏斗中：

如何在这个非洲与我爱的英语语言之间做出选择？
背叛他们二者，还是把他们给予的送还？
我怎么能面对这场屠杀而镇定自若？
我怎么能背弃非洲而求生存？

在1976年发表的《海葡萄》中，诗人的情感矛盾似乎已经解决，取而代之的是梦醒后的幻灭感，是对群岛政客背叛行为的愤慨，以及从愤怒的火焰中走向斯多葛式的镇定和澄明，最终达到对生命的崇敬。

然而，这种灵魂净化并没有完全驱散诗人的焦虑："加勒比"是文化还是模仿？对于欧洲传统是不加区别地吸收还是有所选择？他大胆宣称"模仿是一种想象行为"。在《火山》一诗中，他提到欧洲两位现代主义大师乔伊斯和康拉德虽然取得了巨大成

就,但也不过是传奇和谣言:

　　这些是传奇,就仿佛 / 乔伊斯之死是传奇一样,
　　或康拉德已死 / 那个巨大的谣言。

　　他描写了近海油井铁架射出的两道刺眼的强光,"就像雪茄之光,火山之光"。"由于大人物缓慢燃烧的信号 / 你可以放弃写作","成为他们的真正读者……成为世界上最最伟大的读者"。他觉得那"至少要求敬畏之感, / 而这在我们的时代已经没有了"。显然,对前辈大师的焦虑感已经不是重要的砝码了:

　　那么多人看到了一切,
　　那么多人能够预测,
　　那么多人拒绝进入胜利的沉默,

　　巨人的时代已经过去。
　　他们制造优秀雪茄的时代已经过去。
　　我必须仔细阅读。

　　"仔细阅读"是有选择地阅读;只取所需,并把所需策略地用于自己的独立实践。在某种程度上,《幸运的旅行者》(1981)就是这种"细读"的结果,使人想起托马斯·纳什的《不幸的旅行者》(1594)。幸运还是不幸?旅行者还是流亡者?这两个问题的

相关性不言而喻。无论是资本主义制度的代言人,还是国际援救组织的代表,这位"幸运的旅行者"都在北方的权力中心与非洲和加勒比海地区的未发达国家之间舒适地往返;他们旅行的路线依然是旧的"贩奴三角"。

然而沃尔科特并不自由。他深陷他所代表的那种制度,也深受自己良心的责备。最终,无论是罪恶的制度还是幸运的旅行,作为参与其中的人,他都必然接受末日的审判。所有这些凝聚在他的获奖作品《西印度群岛》中,诗人以献身于多种文化的体验给读者提供了深刻的启发和广阔的历史视野。